wortgewalt

eine anthologie

herausgegeben von
christa stippinger & thomas perle

edition exil

a n t h o l o g i e :   w o r t g e w a l t
edition exil, wien 2022
isbn: 978-3-901899-93-5

herausgeber*in und lektorat: christa stippinger & thomas perle
layout und grafische gestaltung: sebastian menschhorn
korrektorat: eva auterieth

ein projekt des vereins exil im amerlinghaus
in kooperation mit dem
verein kulturzentrum spittelberg (amerlinghaus)

Bundesministerium
Kunst, Kultur,
öffentlicher Dienst und Sport

Stadt Wien Kultur

LiteraturhausWien

Kultur Zentrum Spittelberg Amerlinghaus

inhalt

wortgewalt

thomas perle

wortgewalt sind keine worte der gewalt. es sind worte, die der weltgewalt entgegengesetzt werden. worte junger menschen, die sich der gegenwart stellen.

die sich literarisch mit ihren wurzeln beschäftigt haben. manche zum ersten mal.

wer wir heute sind, wurzelt in der vergangenheit. verdanken wir menschen und generationen, die vor uns da waren. ausgehend davon trafen im stillstand und der körperlosigkeit der pandemie junge menschen auf eine autorin und einen autor. in digitalen kachelräumen mit kachelköpfen begannen die schreibwerkstätten der edition exil in kooperation mit dem literaturhaus wien.

julya rabinowich beschäftigte sich in ihren zwei werkstätten mit dem dazwischen. in dem so vieles liegt. verborgen, offensichtlich, wandelbar und widersprüchlich.

ein land. eine familie. eine liebesgeschichte. eine weltreise. eine selbsterkundung. das alles ist das dazwischen, in dem man sich selbst und andere kennenlernt.

in der *exil.literaturhauswerkstatt* wurde biografisches erkundet. hinterfragt, was zuhause, was daheim, was familie bedeutet. welche kulturellen wurzeln begraben liegen, welche zum vorschein treten. es wurden geschichten gesponnen, sprachen verwoben, wortlos dialoge geführt, sich gegenseitig für das schreiben begeistert. entstanden ist eine wortgewaltige textsammlung junger autor:innen.

wir wissen nicht, mit welcher gewalt wir noch konfrontiert werden. wissen nicht, was noch alles auf uns zukommt. was in zukunft sein wird, werden menschen einmal uns verdanken. es liegt an uns, wie diese zukunft aussehen wird.

auf mir liegt schnee und er wird niemals schmelzen

Jonah Rausch

wenn die verletzten tage wieder beginnen, starre ich stundenlang aus dem fenster. bis auf den asphalt und die bordsteinkante gibt es nicht viel zu sehen. es fehlt mir die weite. alles was man von hier aus sehen kann, sind pflastersteine und weitere altbauwände, die an die straße grenzen, ein fliederfarbener graffitischriftzug, und ab und zu kann ich löwenzahn erahnen, welcher sich durch den asphalt biegt, aber in den letzten wochen wird das auch immer weniger und weniger und weniger

menschen tummeln sich auf dieser straße. im sommer verweilten sie an dieser stelle zwischen linden und nordstadt. hier, an dieser kreuzung, wo sich die straße in vier richtungen aufteilt. um die ecke ist ein kiosk, in dem menschen lindener spezial kaufen und ein haus und eine bushaltestelle voller efeu und

alles

riecht ein wenig nach gras und nach zerfall und nach veränderung. als die tage noch wärmer waren, da fanden sie alle auf dem bordstein platz. manchmal waren es kinder, die müde waren vom spielen. meistens aber erwachsene in adidas jogginghosen, tattoos und gefärbte haare, die bier tranken in der hoffnung, dass sich dann etwas erwärmt

irgendetwas in ihnen

verwelkt. die rose verwelkt. das steht auf dem fußabtreter vor unserer haustür und das ist bezeichnend für die wohnung, in der wir uns bewegen.

auf unserer fensterbank welken pflanzen. es bildet sich schimmel und die blätter werden schwarz. aus irgendeinem mir unbekannten grund fahre ich mit meinen fingerspitzen die blätter entlang und erahne die löcher in den pflanzen.
es ist winter draußen. es ist winter drinnen
in mir drin ist winter und ich friere
und alles wird dunkel. die pflanzen in unserer wohnung sterben. ob sie das mit absicht machen, frage ich mich. ob emil das mit absicht zulässt oder ob er es einfach nicht sieht, frage ich mich. josé weiß ganz genau, was mit den pflanzen passiert und ihm ist das egal, schließlich sagt er *niemand ist achtsam*.
ich neige meinen blick vom außen ab, schaue zurück ins innere weil ich das außen außen bleiben lassen will und das innen innen
weil es sich nicht wieder vermischen soll
aber innen ist auch winter.
josé und mich trennt nur eine wand und ein bild, das an ihr befestigt ist. irgendein gemälde, irgendwelche wirren pinselstriche und abblätternde farben. wir haben das nicht aufgehängt. wir haben nie so etwas umständliches getan. ich kann nicht einmal sagen, ob ich es hässlich oder schön finde. und es hängt nur dort, weil wir drei unmöglich faule menschen sind. deshalb türmt sich das geschirr in unserer küche. und die wäsche im flur. und die dokumente stauben auf unserem schreibtisch oder dem, was wir zu einem gemacht haben.
das bild gehört der, die gegangen ist
oder der davor und davor.
josé spielt ukulele hinter der wand und emil, der in der anderen ecke des raumes sitzt, wickelt sich gerade einen schal um
// warum frierst du?
ich tue es auch. wegen dem winter hier drin wird alles frostig.

wir formen schneebälle und werfen sie uns gegenseitig zu.
manchmal trifft er mein gesicht
absichtlich
und wenn er hunger hat, dann isst er sie.
ich höre, wie sich die ukulelengeräusche hinter der wand eintauschen gegen ein aufklappen von schubladen und schuhe anziehen. das bedeutet josé will gehen, aber
josé ist ein *mit-dem-kopf-durch-die-wand-mensch*, deshalb entscheidet er sich gegen die tür und schlägt beulen und risse in die wand, bis sie aufplatzt. josé sagt uns nicht tschüss. und dann ist da ein loch in dem, was zwischen uns passiert. wenige stunden später sitze ich mit aufgekochtem glühwein und den beinen an die heizung gestreckt neben emil auf dem sofa und schaue flocken beim fallen zu. mein ganzer körper ist so völlig auseinandergezogen und aus dem kontext gerissen auf diesem breiten bett und ich denke an verletzlichkeit. aus einem unruhigen impuls heraus öffne ich das fenster. das draußen hat sich hineingeschlichen. ich erfriere. mir erstarren all meine muskeln. die oberfläche des tisches, die einst splittrig und uneben war, tauscht sich aus gegen glätte. alles rutscht ineinander hinein. und jetzt bin ich es, die schneit und emil atmet einen eiskalten atem. sein körper hat das zittern aufgegeben, wie so viel, denn emil
ist ein aufgeben und ein knick und ein scheitern
und ein bisschen verloren auch.
ich leere den glühwein, sodass mein gesicht errötet. ich stoße auf
der limmerstraße hält josé gerade einen pappbecher voll wein in seiner hand und ist umgeben von einer traube von menschen. er hat bestimmt wieder das trinken vergessen, deshalb platzen seine lippen von der trockenen luft auf. die,

mit denen er sich dort trifft, die gebliebenen, erzählen sich gegenseitig von sich selbst und anderen und wie sie sich wahrnehmen und josé müsste sich langweilen. einmal, da saß er angelehnt an die abblätternde tapete mit einer thermoskanne voller tee vor mir und hat gesagt *viele menschen mögen mich. und da lasse ich mich dann erst einmal auch drauf ein, weil ich die menschen kennenlernen möchte und schaue, was dann passiert. ich weiß nicht, ob das eine gute eigenschaft ist, weil menschen dann erwartungen haben. und erwartungen will ich nicht erfüllen.*
und ich habe josé angesehen und genickt. dann hat er gefragt wie nimmst du mich eigentlich wahr? und ich sagte, manchmal, josé, da glaube ich, dass du die menschen nutzt, um deine ziele zu erreichen. oder deine bedürfnisse zu befriedigen. und manchmal, da habe ich das gefühl, dass du nicht damit umgehen kannst, wenn die menschen dich nicht mögen, weshalb du wieder mehr nähe aufbaust, sobald sie sich von dir entfernen. manchmal habe ich angst vor dir dann, aber gleichzeitig will ich dir nah sein. und josé steht bei diesen menschen dort und später, wenn er heim kommt, wird er schlecht von ihnen erzählen
und emil und ich werden fragen
josé, wie nimmst du uns eigentlich wahr?
und josé wird sagen
ihr verhaltet euch wie emotional instabile kinder.
über
die wochen hinweg hat sich das eben so entwickelt
über
mir hängt diese lampe, die warmes licht in das zimmer pumpt. wir sitzen rücken an rücken und emil ist ein ganzer winter. das spüre ich an meinen nackten zehenspitzen. mir ist kalt und

emil war für mich immer so ein bisschen scheitern dürfen. er ist eine ganz normaler, sich selbst überschätzender typ, kein bock auf beziehungen, nur auf lockere sachen, ohne bewusstsein dafür, dass man für alle menschen, denen man auf irgendeine art und weise nahe kommt, insbesondere sexuell, eine verantwortung trägt.
nach dem frühstück machten wir, was alle jugendlichen mit ausgeprägten trieben taten. wir küssten uns gegenseitig am gesamten körper, nahmen uns in die arme, waren uns so nah, hatten etwas, das ich damals noch als sex identifizierte, aber inzwischen als eine wirre verkettung zweier körper, die durch diverse faktoren nicht zusammen funktionierten. an diesem morgen habe ich mich so richtig verlassen gefühlt. wie so ein haus, durch das bereits efeu wuchert und in das manchmal jugendliche einbrechen, um alles zu zerstören und es dann leer und noch kaputter zurücklassen. in der nacht hatte ich meine ersten erstickungsgefühle. mein herz pochte mit so einer intensität, dass es mir meinen brustkorb hätte kaputtschlagen können, bis sich hinter meiner schutzwand aus haut, blutgefäßen und nerven nur noch splitter gefunden hätten. ich hatte panik, streifte das bein von mir ab.
wir wohnen hier in einem haushalt der halben sachen, der halben zweifel, der halb geöffneten fenster, zu dritt in einem vakuum. die wohnung besteht aus vier aneinandergereihten zimmern, einer vollgemalten küche und einem bad, das einen halben körper breit ist. an unserer haustür kleben in kleinen aufnahmen manifestierte erinnerungen. wir, wie wir eis essen, kurz bevor emils mutter an einem herzinfarkt stirbt. josé, wie er mit sahne durch die ganze wohnung spritzt und dann eine woche später teile der wand anfingen zu schimmeln. ich, wie ich mir selbst einen vokuhila schneide. emil

nach seiner vasektomie. josé, wie er mir ein septum an der bushaltestelle sticht. ich, wie ich marshmallows mit einem zahnstocher über einem teelicht wende. die wohnung ist größer als meine alte, kleiner als die von josé und ungefähr gleich groß wie die von emil.
und wie war das früher?
wie meinst du das?
vor deiner hannoverzeit.
wie soll das schon gewesen sein. felder, waldränder, so ist das auf dem dorf.
ich dachte du wärst aus berlin
wie kommst du darauf, emil?
josé hat mir das erzählt.
denn niemand hört dir wirklich zu.
josé also
trägt eine sonnenbrille und knabbert an einem veganen lindt weihnachtsmann, als es draußen schon dunkel ist. im hintergrund läuft techno. seine bewegungen sind einnehmend.
ihr deutschen könnt alle nicht tanzen
außer emil
aber emil ist auch heiß, schließlich...
sein körper bebt und schwingt. emil tanzt ihn von hinten an und josé greift an seine hüfte
louisa, schau uns dabei zu, vielleicht wirst du dann horny.
und ich schaue ihnen dabei zu und vielleicht bin ich gerade zu nichts zu gebrauchen
was macht euch an?
meine eigenen bedürfnisse sind irgendwie untergegangen in irgendwas zwischen qualitativ hochwertigen hardcorepornos und den gewaltfantasien meiner mutter und ich frage mich frage emil

und frage josé
wann hattet ihr das letzte mal einen orgasmus?
mit mir oder mit anderen?
mit dir
vor zwei stunden
mit anderen
immer und du
nie, nie, nie.
wir wickeln uns lichterketten um den torso und setzen uns lampenschirme auf, um sagen zu können, dass wir erleuchtet sind. emil ist einer der gebliebenen von den bordsteinen. er kennt diese stadt und hat ihr dabei zugesehen, wie sie immer kleiner wurde. nach und nach wurden die wege kürzer, bekannter, alltäglicher, erwachsener. die leine wurde nur ein fluss, das ihme-zentrum nur ein großes gebäude in linden, das steintor eine u-bahnstation, an der man sich nachts nicht aufhält. die straßen wurden gewöhnlich und die menschen selbstverständlich.
ein jahr noch, dann bin ich hier weg.
und ich stelle fest
ich bin gekommen, als alle bereit sind zu gehen.
die lampenschirme gehen aus, jetzt ist es dunkel. powernap
zwanzig minuten
dauert es, bis josé das essen aus dem backofen holt. es ist eine ansammlung verschiedener gemüsesorten und viel knoblauch. während ich kaffee koche und josé uns etwas auf die teller legt, schwingt emil sich in die komfortzone, diese kleine lücke zwischen herd und heizung, mit sich ansammelnder hitze. manchmal frage ich mich, ob emil ein möbelstück sein will und dann fände ich, emil täte sich besser als möbelstück als als mensch.

als wir das letzte mal etwas zu dritt gemacht hatten, war alles noch so leicht. wir trugen kaum kleidung und schwitzten. wir beziehungsanarchisten knutschten vor dem beschlagenen fenster. unsere körper kollidierten miteinander. wir wurden kurven und neigungen, umrisse und schimmer. *körpernähe sollten wir nicht auf romantische beziehungen beschränken.*
ja voll nicht
schließlich
schließlich
würde das bedeuten, da liegt viel verantwortung auf einer person, wenn das bedürfnis nicht erfüllt ist.
und
wir wollen menschen begegnen, so wie wir ihnen begegnen wollen. so ohne grenzen und zwang.
ich kann körperliches von romantischen gefühlen trennen
sage ich zu josé als ich ihn auf den mund küsse
und sage das auch zu emil, nachdem wir zwei stunden nebeneinander nackt kuschelnd miteinander verbracht hatten, aber da meinte ich es auch so.
wir drei, die versuchen auf krampf jugendlich zu sein mit kaputter kleidung und kaputten familienverhältnissen, aber wer bin ich, das zu verurteilen.
was macht euch mehr angst, freiheit oder sicherheit?
freiheit.
achso, ja, so fühlt es sich auch an in hannover
drei warme brüder leuchten in linden lila und
der küchengarten
ist wieder überfüllt von schönen menschen. manche lese ich männlich und manche
menschlich.
clara und lukas und leah und franz. sie tragen lederjacken

und mützen, handschuhe. leah schält eine mandarine, lukas und clara pressen ihre körper aneinander. franz dreht sich eine zigarette, die er nicht rauchen wird. die trauerweide am straßenrand hängt tiefer und wird schwarz.
wie war das eigentlich in chile?
lustiger.
josé, josé, wir sind auch lustig.
witzfiguren seid ihr, ja das seid ihr.
und sonst?
das wasser war dreckiger.
hat sich dein leben verändert?
natürlich hat es das. das tut es immer.
aber ich meine so signifikant.
me acostumbré a ello.
umziehen ist ein neustart. dort wird alles anders.
ja, natürlich wird es das. wie immer.
wohin willst du gehen?
nach leipzig.
woanders hin.
alles, alles nur nicht hannover.
ihr lebt aneinander vorbei
ich gehe vorbei.
wann fühlt man sich angekommen? wenn man die straßen entlang geht und dort auf menschen trifft, die man gerne hat? wenn das standard spätibier, das alle in dieser stadt trinken, anfängt bedeutungslos zu schmecken? wenn ich mir denke *ich habe hier schon alles erlebt und erlebt und erlebt* und nostalgie an den orten klebt? weil erinnerungen eine stadt machen und erinnerungen ein leben.
als ich wieder nach hause verschwinde ohne tschüss gesagt zu haben, fange ich an, aus mir selbst heraus zu fliehen. ich

traue mich nicht, mehr zeit mit den menschen zu verbringen, ohne zu denken, sie würden an dem winter meines körpers bitterlich erfrieren. leah und lukas und clara und franz und josé und emil sitzen vor dem fenster auf der bordsteinkante und sehen hinein. sie schauen erwärmt aus. als würde das leben ihnen ein feuer spenden, an das sie ihre hände strecken.
ich lasse das draußen draußen
und kälter wird es hier drinnen
in mir.
meine lippen erfrieren. in den letzten wochen habe ich ein wettertief erreicht. die nächte werden länger, die tage anstrengender. heute zieht ein schneesturm auf. etappenweise erstreckt er sich über die haut. in den kleinen haaren, die von meinem körper abstehen, sammeln sich weiße krümel. erst fängt mein körper an, aus allen poren zu schneien, dann bilden sich eiszapfen an meinen gliedern. am nächsten morgen ist alles immer noch eingefroren. so kalt
muss ich sein
der tag ist erstarrt. mein körper stapft mühsam durch die meterhohen schneeböden, auf der suche, nach meinen freund*innen. ich frage mich
// wo ist die wärme hin?
// aber ich glaube, ich habe eine antwort auf die frage mit dem früher, emil. da waren feldwege und waldränder, über die wir im sommer mit unseren fahrrädern vorbeigedüst sind. bevor ich sechzehn geworden bin, hauptsächlich alleine. ich habe mich oft an diesen fluss gesetzt und mein gesicht in der wasseroberfläche spiegeln lassen. einmal, da bin ich mit einem boot und meinem fahrrad ein wettrennen gefahren, so ganz nebenbei. da habe ich begriffen, dass man rausgehen muss, um dinge zu erleben. ja, die ersten sommer haben sich

einsam angefühlt. ich war ganz für mich und egal wie viel ich mich bewegt hatte, raus ging, in mir drin hatte ich immer das gefühl, etwas würde fehlen. weißt du, ich habe jeden tag darauf hin gefiebert, endlich ausziehen zu können. und jetzt, wo ich hier sitze auf dieser matratze, an die wand starre, da verstehe ich, dass sich nichts geändert hat. ich bin immer noch einsam. ich fliehe immer noch gottverdammt. wenn ich bei euch bin oder mit anderen, rede ich mir immer ein, dass die mich nicht da haben wollen, dass ich gerade nur eine belastung bin und gehen sollte und dann gehe ich auch. ich weiß nicht, wann das in mir einmal kaputt gegangen ist. hannover ist ziemlich genau so wie das früher. nur sind die umstände anders, das lässt die gefühle so wirken, als wären sie ausgetauscht worden.
was war dein früher?
la danza perdida más hermosa. meine familie steckt noch in dem früher.
josé und emil
sind verschwunden. ich kämpfe mich schicht um schicht um schicht um schicht, bis meine füße eingehüllt sind von weißer matsche, bis mein körper ertrinkt in materialisierter kälte. dieser winter ist härter als die anderen davor. die wetterlage ist kritisch. das fenster ist nicht mehr beschlagen, sondern zugeschneit. ich lasse meinen körper in den schnee fallen, schaue in spiegelnde eisflächen und finde mein gesicht nicht mehr. mir tut mein körper weh, als würde es splitter in meine augen schneien. irgendetwas ist eingefroren und kaputt gegangen
die polaroids, die verantwortungen.
mit dem zitteranfall zerknirsche ich den schnee, der mir zuletzt noch in den mund fällt. die pflanzen auf der fensterbank

sind lange schon tot. plötzlich schwitze ich. mit wenig kraft
ziehe ich mich aus, lasse meinen körper in den schnee fallen
// so fühlt sich also zuhause an
schneesturm und gletscher.
emil, josé, wann kommt ihr heim?

Das Loch zum Mittelpunkt der Erde

Katharina Forstner

Vor der Sandgrube stehen und den feinen Kies durch die Finger laufen lassen. Ein Bagger, eine Schaufel; gelb und grün.

Als Kinder versuchten wir, ein Loch zum Mittelpunkt der Erde zu graben. Mein großer Bruder war der Bauleiter und kommandierte uns herum. Mein kleiner Bruder war der Baggerfahrer und schaufelte. Ich belud als Vorarbeiterin die Schubkarre und brachte die Erde weg. Wir schafften einen Meter fünfzig. Das Loch war tiefer als ich hoch war.

Nach einem langen Tag in unserer Baugrube rief unser Vater uns hinein. Die Schuhe und Kleider mussten wir draußen ablegen, damit der Staub nicht ins Haus getragen würde, auf die knarrenden Holzdielen und das grün gemusterte Sofa und die Kinderbetten.

Wir durften zu dritt in die Badewanne und färbten das Badewasser mit duftenden Pulvern grün. Wir waren Aliens und badeten in Weltallrotz. Wir waren Dschungelforscher und fürchteten die Krokodile.

Als wir in den Betten lagen, öffnete mein Vater die Fenster, ob Winter, ob Sommer.

„Abendluft trägt Traumesduft", pflegte er zu sagen, und dann las er uns vor. Tiergeschichten und von wilden Piratinnen, viel zu schnell und ohne die Stimme zu verstellen. Mein großer Bruder schlief nach zwei Seiten, mein kleiner Bruder selten vor Ende der Geschichte.

Wenn mein Vater geendet hatte, schlug er den Buchdeckel zu und blieb einen Moment sitzen. Dann hörte man unsere Atemzüge und den Bach hinterm Haus. Der Wind fuhr durch die Äste der großen Fichte. Sie wiegte mich oft in den Schlaf. Dann und wann fuhr ein Auto vorbei oder es war Sommer und aus dem Nachbargarten vom alten Meier ein Stimmengewirr, Rauch vom Lagerfeuer. Im April der Duft der Frühlingsblumen, die unser Vater mit uns gesetzt hatte. Das Zirpen der Grillen, das Gurren des Taubenpärchens, das in unserer Fichte wohnte.

Mein Vater saß da und betrachtete uns, strich jedem übers Haar. Dann schloss er die Fenster und die Läden, löschte das Licht und machte die Tür zu. Erst dann, wenn es dunkel war und die Abendgeräusche in mir nachhallten, schlief ich ein.

Nur bei Ostwind blieben die Fenster abends geschlossen. Dann trug die Luft den Staub der Kohlegrube mit sich und das Dröhnen der Maschinen. Je älter wir wurden, desto lauter wurde der Lärm und der Schaufelradbagger rückte näher. Einmal sollte er da graben, wo unser Haus steht, erzählte unser Vater, zumindest wenn es nach den Leuten ging, die dort arbeiteten.

Wir konnten uns nicht vorstellen, wie das gehen sollte, wenn unsere eigene Grube am Ende des Sommers noch immer nicht die Erdkruste durchbohrt hatte, dabei hatten wir in den Ferien jeden Tag darin gegraben.

Mit dem Ende der Ferien kam das jährliche Schützenfest auf der Lagerwiese. Im Bierzelt spielte Musik, es roch nach Brathuhn und Wurst. Der alte Meier saß mit meinem Vater und dem Bürgermeister am Biertisch. Alle drei trugen die waldgrünen Schützenanzüge mit Orden und silbernen Anstecknadeln über der linken Brust. Die Musikkapelle legte gerade eine Pause ein und mein kleiner Bruder war zu unserem großen Bruder gelaufen, der Trompete spielte, um ihm Limonade zu bringen. Ich saß am Schoß meines Vaters und bettelte, einen Schluck vom Bierschaum nehmen zu dürfen.

„Es wird dir aber nicht schmecken“, warnte mein Vater mich vor. Ich ließ mich nicht davon abbringen. Vorsichtig hob ich den Bierkrug hoch, der Bierdeckel klebte unten an. Ich nahm einen Schluck und verzog das Gesicht. Der Bürgermeister lachte und sagte: „Du hast ja noch ein paar Jahre, bis du alt genug bist.“

Dann wandte er sich wieder dem alten Meier zu und meinte: „Und was die Kohlegrube angeht: Es können meinetwegen noch so viele Leute im Loch arbeiten. Wir lassen uns nicht vertreiben, sollen sie woanders weiterbuddeln. Und überhaupt, wie stellen die sich das vor, das ganze Dorf umzusiedeln?“

Der alte Meier hob abwehrend die Hände. „Ich mein ja nur. Ich lasse mein Haus jedenfalls schätzen. Mein Sohn meint, die Umsiedlung können wir höchstens hinauszögern, nicht verhindern.“

Mein Vater warf ein: „Nach dem Zeitungsartikel werden wir weitersehen.“

Der Bürgermeister schüttelte den Kopf. „So ein Lokalblatt interessiert doch keinen. Wir müssten in die Tagesschau.“

„Wie denn?“, fragte der Meier. „Willst du die Zufahrtsstraße zum Loch blockieren oder dich vor den Bagger legen?“

Ich nahm zwei Pommes von einem Pappteller und tunkte sie ins Ketchup. Während ich aß, diskutierten die drei weiter. Der Bürgermeister wollte einen Bekannten anrufen, der im Ministerium arbeitete, mein Vater sprach von Flugblättern.

„Und wenn alles nichts hilft, bleibe ich solange im Haus, bis die mich hinaustragen“, meinte mein Vater.

Der alte Meier wollte gerade etwas erwidern, da setzte die Musik wieder ein. Mein kleiner Bruder kam und holte mich, um mit ihm draußen Baustelle zu spielen.

Einige Wochen darauf hatte sich das ganze Dorf auf dem Marktplatz versammelt. Die eine Hälfte mit selbstbemalten Schildern, die anderen standen am Rand und schauten neugierig. Der Bürgermeister las von einem Blatt Papier eine Rede ab, aber der Lautsprecher war zu leise eingestellt, sodass ich nichts verstand. Mein Vater redete auf die Schaulustigen ein, deutete ihnen, sich dazuzustellen.

Eine Frau mit Kinderwagen sagte zu ihm: „Selbst wenn das Dorf bleiben kann, will ich nicht so nah am Loch wohnen. Der ganze Staub, das kann nicht gesund sein für die Kinder.“

Frau Huber, die Bäuerin, ließ ihr Plakat sinken und meinte: „Du hast leicht reden. Ich kann mir für die Ablöse nie im Leben neue Ställe leisten. Wie soll ich mein Geld verdienen, auf einem Bauernhof ohne Kühe?“

Ein Reporter war aus der Stadt gekommen und fragte, ob er mich fotografieren dürfe. Ich hielt mein Schild in die Höhe und sah so grimmig drein, wie ich konnte. Am nächsten Tag war das Bild auf der Titelseite der Zeitung, darüber stand: „Der Tagebau und die Hoffnung auf Heimat“. Ich klebte die Seite in meinem Zimmer an die Wand neben das Poster meiner Lieblingsband.

Wir schrieben unsere Hausaufgaben auf dem Küchentisch zwischen dicken Ordnern voller Listen, Unterschriften mit blauem Kugelschreiber. Unser Vater tippte Briefe an Minister. Der Bürgermeister in einer Talkshow.

Es half nichts.

Der alte Meier war einer der ersten, die auszogen, in ein Haus, dessen Bau er mit der Ablöse für sein altes Grundstück bezahlt hatte. Sein Garten verwahrloste. Im Sommer stand das Gras kniehoch. Graue Schlieren an den Fenstern. Wespen kreisten um die verfaulten Äpfel. Manchmal liefen mein kleiner Bruder und ich hinüber, um Himbeeren zu pflücken oder einen Apfel, der noch nicht zerfressen war.

In der Schule berichteten meine Freundinnen, wie ihr neues Zimmer im neuen Haus aussehen sollte. Die ersten Gebäude wurden abgerissen. Bauzäune um Brachland. Lkws donnerten über die Hauptstraße.

Einmal besuchten wir den alten Meier in seinem Bungalow elf Kilometer entfernt.

„Es ist nicht so schlecht, einige aus dem Dorf sind hergezogen. Nächstes Jahr wollen wir das Schützenfest hier feiern“, meinte er. Er zeigte uns sein Haus – „Altersgerecht gebaut“ – und den Garten, in dem er einen jungen Kirschbaum gepflanzt hatte.

„Recht groß ist er natürlich nicht. So alt werde ich nicht, das noch zu erleben, einen Baum groß werden zu sehen wie im alten Garten“, sagte er. Dann lud er uns auf ein Stück Kuchen ein. Den hatte er im Supermarkt gekauft, die Dorfbäckerei war nicht umgesiedelt. Hier kostete der Kuchen halb so viel wie in der Bäckerei.

Ob wir es uns nicht doch überlegen wollten, fragte der alte Meier und mein Vater schwieg.

Als wir am Abend nach Hause kamen, lief mein kleiner Bruder in den Garten und holte eine Schaufel aus dem Schuppen. Ich folgte ihm zu unserer alten Baugrube. In ihr hatte sich Wasser gesammelt, altes Laub und ein toter Regenwurm trieben an der Oberfläche. Zum ersten Mal seit Jahren machte sich mein kleiner Bruder an der Baugrube zu schaffen und schüttete sie Schaufel für Schaufel zu. Was wir als Kinder in wochenlanger Arbeit erschaffen hatten, war in nicht einmal einer halben Stunde verschwunden.

Wir demonstrierten weiter, aber es kamen keine Reporter mehr. Beim letzten Mal waren außer Frau Huber und uns vielleicht ein Dutzend Leute da. Der Bürgermeister ließ sich entschuldigen, er besichtigte Bauparzellen. Wir standen im Regen, die Kapuzen hochgeschlagen. Die Schrift auf den Pappkartons verschwamm. An die paar Menschen, die unter Regenschirmen über den Marktplatz eilten, verteilten wir Flugblätter.

Die Straßen wurden leerer, bis niemand mehr da war, den man über den Zaun hinweg grüßen konnte, außer der alten Katze und dem Postboten. Nur zur Kirchturmsprengung versammelte sich das Dorf ein letztes Mal.

Wir drängten uns an den Bauzaun. Ein Mann in gelber Warnweste lief über die Wiese, auf der einst der Friedhof gelegen war. Die Gräber hatte man ausgehoben und im neuen

Dorf in einem Massengrab zusammengelegt, gleich neben der Kapelle. Die war viel kleiner als unsere Kirche mit den hellen Buntglasfenstern. Nur die Glocken hatte man mitgenommen. Die Kirchenbänke waren versteigert worden.

Der Mann in der Warnweste verließ das abgesperrte Gelände und sprach in sein Funkgerät. Mein kleiner Bruder hielt sein Handy bereit und drückte auf „Video starten". Ein Signalhorn erschallte, ein Knall. Der untere Teil der Mauer brach weg. Der Kirchturm neigte sich zur Seite und kippte einfach um. Eine Staubwolke stieg auf.

Der alte Meier rief: „Bravo!" und der Bürgermeister applaudierte. Unser Vater verschränkte die Arme vor der Brust.

Mein Bruder spielte das Video ab, das er aufgenommen hatte und blickte mich enttäuscht an. Auf dem Bildschirm sah die Sprengung kaum aufregender aus als ein Turm aus Holzklötzen, den ein Kind umstieß. Er spielte das Video in Slow-Motion ab, entschied sich doch für den Zeitraffer.

„Wie wäre es mit der Caption: Dem Tagebau ist nichts heilig", schlug ich vor.

Der alte Meier klopfte unserem Vater auf die Schulter und meinte: „Mach dir nichts draus. Ihr seid sowieso nie zur Messe gegangen. Komm, ich lade dich auf ein Trost-Bier ein."

„Ein andermal vielleicht. Der Gutachter kommt nachher vorbei, um das Haus zu schätzen", entschuldigte sich unser Vater.

„Dann verkauft ihr?", fragte der Meier.

Unser Vater schüttelte den Kopf. „Das ist noch nicht sicher. Aber bevor ich enteignet werde und wir mit nichts dastehen..."

Mein kleiner Bruder unterbrach ihn: „Wir bleiben, bis zuletzt!"

„Aber man muss für alles gewappnet sein", meinte mein großer Bruder.

Die Staubwolke hatte sich gelegt und gab den Blick auf die verstreuten Backsteine im Gras frei. Langsam zerstreute sich die Zuschauermenge. Ich warf einen letzten Blick auf die Überreste der Kirche und sagte: „Kommt, gehen wir nach Hause."

Vor der Kohlegrube stehen und den Schotter zwischen den Fingern rieseln lassen. Ein Schaufelradbagger, hier kommt man mit Spaten nicht weit, und ein Förderband.

Die Grube ist tiefer als unser Haus hoch war und gierig. Bis zum Horizont erstreckt sie sich, in die Weite, nicht in die Tiefe. Über die Haut der Erde bis zu ihrem Mittelpunkt.

Ein Auto nähert sich über die Zufahrtsstraße. Die Türen schlagen, ein Mann und eine Frau steigen aus. Martha stellt sich und ihren Kameramann vor und steckt uns Mikrofone an den Kragen. Nach ein paar Probeaufnahmen bittet sie uns, zu erklären, was hier passiert ist.

„An dieser Stelle stand unser Dorf. Dort hinten war die Kirche und ungefähr da, wo das Förderband endet, unser Haus", sage ich und kann es selbst nicht glauben, dass hier je eine Taube im Baum gegurrt, Kinder gespielt, ein Zuhause gewesen.

Mein großer Bruder legt seinen Arm um mich und erzählt, von der Umsiedelung, der Planierraupe im Nachbargarten und dem Brief in unserem Postkasten, der mit Enteignung drohte.

„Und wofür das alles?", fragt mein kleiner Bruder und zeigt in die Ferne, dort wo die Förderbänder enden. Drei graue Betontürme ragen in die Höhe. Weißer Rauch strömt heraus. „Ist doch beschissen.“ Er steckt die Hände in die Hosentasche.

„Ein letzter Take, dann sehen wir uns euer neues Dorf an“, sagt Martha. Das rote Lämpchen an der Kamera blinkt. Der Kameramann schwenkt das Objektiv von unseren Gesichtern hinüber auf die Kohlegrube.

Wir lauschen dem Dröhnen und Hämmern und Kreischen und Brummen. Die Abendluft ist staubig. Es hat sich ausgeträumt.

Schirmlos

Anna Rotter

Ich streune durch die Gassen meines Dorfes, das verlassen daliegt zwischen den Wäldern. Der Asphalt unter meinen Turnschuhen hat Risse. Häuser, die schon länger stehen, als ich jemals alt sein werde, drängen sich eng aneinander, schauen einander ins Wohnzimmer, misstrauisch, neugierig. Ich schaue nur zu Boden. Als ich es aus der Ferne leise donnern höre, blicke ich hinauf. Die Wolken wiegen mehr als meine Zweifel. Sie leuchten orange, flackern wie Neonlampen in Krimi-Serien. Wird es regnen?

Ich möchte einen Regenschirm kaufen. Das einzige Geschäft am Hauptplatz ist eine Greißlerei. Auf dem grünen Schild sind die Buchstaben zum Teil heruntergebröckelt, die früher einmal „Zum alten Georg" ergeben haben. Als ich die schmutzige Glastür aufdrücke, lässt das Läuten der Türglocke einen gebückten Mann, den alle Schurli nennen, von seiner Zeitung hochfahren. Er sitzt in einem Berg von Schachteln und Staub. Ich wundere mich, wie er bei diesem düsteren Licht überhaupt etwas lesen kann. Auf meine Frage nach einem Regenschirm antwortet er: „Sowas hamma do ned, Anton, des waaßt du doch." Er schnauft in seinen grauen Vollbart, dann schimpft er leise vor sich hin. Etwas von „die Jugend heutzutage verträgt keinen Regen mehr". Ich verlasse schirmlos das Geschäft.

Ich schlendere die einzige Straße entlang zurück, Richtung Zuhause. An der Kirche bleibe ich plötzlich stehen.

Da steht etwas Rotes am Straßenrand: ein alter VW-Käfer, wie ich ihn nur aus dem Fernsehen kenne. Jemand kurbelt das Fenster herunter und du streckst deinen Kopf heraus. Für ein paar Momente schauen wir uns stumm an. Wir sind einander fremd geworden. Du hast jetzt blaue Haare, die ganz schön lang geworden sind.

„Steig ein." Deine Stimme ist genauso rau wie ich sie in Erinnerung habe. Während ich kurz über die Schulter zum Haus meiner Eltern blicke, in dem ich immer noch lebe, frage ich: „Wohin fährst du?"

„Weg." und deutest auf den leeren Platz neben dir. „Jetzt komm, sonst fahr ich ohne dich." Die kalten Ledersitze reiben an meinen nackten Schenkeln, als wir über die Straße poltern und uns der durchgestrichenen Ortstafel immer weiter nähern.

Die Trude, eine Freundin meiner Großmutter, steckt den Kopf aus ihrem Fenster. „So a Lärm", könnte sie sagen, aber ich höre sie nicht. Wir lassen das Dorf hinter uns, du öffnest das Cabrio-Dach und trittst aufs Gas. Wir fahren nicht in Richtung deines Dorfes. Vielleicht hast du ja vor, in den nächstgrößeren Ort zu fahren. Es ist schließlich Samstagabend. „Magda?", frage ich vorsichtig.

„Mhm?" Du schaust mich nicht an, scheinst in Gedanken ganz woanders.

„Wo hast das Auto eigentlich her?"

„Stand in der Garage. Schon lange. Hat eh niemand mehr angeschaut."

„Und seit wann kannst fahren?" Ich überlege kurz, wie lange wir uns nicht mehr gesehen haben. Es muss zu der Zeit gewesen sein, als du mit diesem Jonas zusammengekommen bist. Also vor mindestens einem Jahr. Da kann man schon den Führerschein gemacht haben. Auch ich hätte Zeit dafür gehabt. Aber ohne Antrieb fährt kein Auto.

„Hab's halt gelernt. Mein Opa ist mit mir immer zum Supermarkt gefahren und hat irgendwann beschlossen, wir sollten Platz wechseln." Ich hebe die Augenbrauen und bete leise, dass uns nichts passiert. Aber du scheinst selbstsicher – als wüsstest du, was du tust.

Du brichst die angespannte Stille zwischen uns, die wie die nur langsam nachlassende Schwüle auf uns drückt: „Weißt, wir hätten weniger Schule schwänzen sollen."

„Wieso?"

„Dann könntest du jetzt als Beamter in der Bank und ich als Apothekerin arbeiten, Toni."

„Du meinst, nur weil wir es mit dieser alten Hexe nicht mehr ausgehalten haben und uns den Mund nicht verbieten lassen wollten, haben wir jetzt keine Chancen mehr auf ein gutes Leben?" Du schweigst.

Ich schaue aus dem Beifahrerfenster zum letzten hellen Streifen am Horizont. Dort, denke ich, dort könnten wir etwas finden. Du schließt das Cabrio-Dach – ob dir kalt geworden ist oder du doch einen Regentropfen gespürt hast, weiß ich nicht.

Es ist still zwischen uns, nur der Motor brummt, als erzähle er Geschichten von den tausenden Kilometern, die er hinter sich hat. Wie viele er, und wie wenige wir –

„Dass hier niemand auf die Idee kommt, mehr Tankstellen zu bauen", murrst du.

„Fahren wir zurück, bei uns gibt's eh eine."

„Darum geht's nicht."

„Wir haben doch noch genug Sprit, oder?" Ich spüre mein Herz schneller pochen.

„Ja, aber irgendwo müssen wir ja übernachten. Oder willst dich in den Wald legen? Ist sicher gemütlich mit den Rehen und Wildschweinen." Du grinst.

„Hä? Ich dachte wir fahren ein bisschen rum und dann wieder zurück nach Hause."

„Was willst denn zu Hause?" Darauf weiß ich keine Antwort.

Kurze Zeit später höre ich das Klicken des Blinkers und du drehst das Lenkrad. Als das Brummen erstirbt und du laut, aber im Vergleich doch sehr leise gähnst, bemerke ich erst, was für einen ohrenbetäubenden Lärm dieses kleine Auto eigentlich macht.

Wir kaufen zwei Semmeln und eine Dose Chili. Der Tankwart ist ein hagerer Mann mit Augenringen und seine Hände zittern, als er uns das Wechselgeld über die Theke reicht. Ich wünsche ihm eine gute Nacht und seine Augen ziehen sich über seiner Maske zu Schlitzen, als würde er lächeln. Du öffnest die Autotür und ich steige wieder ein. Die Sitze kann man sicher nicht nach hinten kippen. Wie schön das wäre, denke ich mir und während du den Dosenöffner aus dem Handschuhfach nimmst und leise fluchst, weil die Dose nicht aufspringen will, denke ich an mein Bett.

„Gib her!" Du willst aber nicht aufgeben, so warst du schon immer. Ich erinnere mich, als wir bei dir zu Hause am Küchenboden saßen und Türme aus Kapla-Steinen bauten, die immer wieder einstürzten, aber du warst stur und hast so oft Holzplättchen ineinandergeschoben und gestapelt, bis der Turm endlich stand und hielt. Da hatte ich längst aufgegeben und schaute dir nur skeptisch zu.

Du zerrst an der Lasche der Dose, das Ding muss ja irgendwie aufgehen. Als schließlich ein scharfes Ratsch ertönt und mir der Geruch von Bohnen und Tomatensauce in die Nase steigt, fluchst du bloß schon wieder und schüttelst deinen Daumen. „Ist nur ein kleiner Schnitt“, versuche ich dich zu beruhigen. „Ja, hast recht.“ Ich bin erstaunt, du hast nachgegeben. Mit der unverletzten Hand reichst du mir meine Semmel und ich beiße ein großes Stück davon ab.

„Glaubst, unsere Eltern werden sich Sorgen machen? Hast deinen was gesagt?“

„Die werden schon klarkommen. Haben mich lang genug durchgefüttert. Mich und die Kühe.“

„Wirst du mal den Bauernhof übernehmen?“, frage ich vorsichtig. „Als Kind war das doch dein Traum, oder? Einmal all die Tiere und den Hof zu besitzen und dich selbst versorgen.“ Du reißt die Augen auf. „Spinnst? Niemals! Ich will was haben vom Leben! Ich will reisen, was sehen von der Welt.“

„Und deine Eltern?“

„Ach, hör auf mit meinen Eltern. Vielleicht hat ja meine Schwester Bock auf sowas.“ Ich spreche nicht weiter.

Nach einer Weile sagst du: „Gehen wir schlafen.“ Es ist kein Vorschlag, es ist eine Entscheidung. Du gähnst noch einmal und steckst den Deckel in die leere Dose. „Und wo? Also wie?“ Du schaust mich etwas verwundert an und dann hinter dich. Du greifst neben deinen Sitz und plötzlich neigt sich dein Oberkörper nach hinten. „Ich dachte, das geht bei so alten Autos nicht“, sage ich genervt von mir selbst und schaue auf meine rechte Seite. Da ist tatsächlich ein silberner Hebel, den ich ziehe. Weit nach hinten komme ich nicht und besonders weich und kuschelig ist der Sitz auch nicht. Aber zumindest muss ich nicht im Sitzen schlafen. „Wir haben keine Zahnbürsten“, bemerke ich, während du deine Haare aufflechtest. „Braves Bubi. Werden deine Zähne halt mal dreckig bleiben. Meine sind auch noch alle drin.“

Sofort wünsche ich mir, nichts gesagt zu haben. Eine Weile schweigen wir beide und auch draußen tönt kein Laut. Die Nacht ist kühl für eine Frühsommernacht. Die Schwüle ist der Dunkelheit gewichen und ich mache mich klein, werde zu einem runden Ball, wünschte ich hätte zumindest eine etwas wärmere Jacke mitgenommen.

Das Geräusch der sich öffnenden Tür reißt mich aus meinem leichten Dämmerzustand. Ich richte mich auf und sehe dich im Lichtkegel der Parkplatzlaternen nach vorne gehen. Du machst zu meiner großen Verwunderung die Motorhaube auf. Mit zwei Wolldecken kommst du wieder. Du lachst kurz auf, als du meinen Blick bemerkst. „Die Jugend von heute!“, rufst du mit verstellter Stimme. „Kofferraum vorne, Motor hinten. Kapisch?“

„Jaha. Kapiert. Und danke für die Decken, hast wohl meine Gedanken gelesen.“

„Warum hast dann nichts gesagt?“ Du gibst mir eine der Decken. Sie fühlt sich kratzig und eingestaubt an, aber ich bin froh über die Wärme. „Einfach so“, murmle ich und breite sie über mir aus. Du drehst das Licht ab.

Es ist still. Es ist dunkel. Ich bin auf einmal wieder hellwach. Du raschelst neben mir und atmest immer regelmäßiger. Ich nehme mein Handy aus der Hosentasche. Mein Akku ist leer. Also schaue ich aus dem Fenster, wie ich es den ganzen Abend getan habe, nur jetzt aus einer anderen Perspektive. Vielleicht geben meine Eltern gerade eine Vermisstenanzeige auf oder rufen morgen Früh die Polizei, wenn ich immer noch nicht da bin. Aber ich bin ja nicht mehr ihr kleiner Junge, auf den sie aufpassen müssen. Ich muss auf mich selber aufpassen können. Trotzdem denke ich an mein Zimmer, in dem ich jetzt sitzen würde mit einer Tasse Tee und Fernsehen, bis meine Mutter den Kopf zur Tür hereinsteckt und mir eine Gute Nacht wünscht.

Das Gefühl, nicht zu wissen, was morgen sein wird und wo wir schlafen werden, beklemmt mich. Ich fühle mich verloren, so weit weg von meinem Elternhaus. Ich stelle mir vor, wie über uns die Sterne funkeln. Nur das Stoffdach des Käfers trennt mich von ihnen. Ich drehe meinen Kopf zur Seite. Nur die Handbremse trennt mich von dir. Und doch so viel mehr.

Der nächste Gedanke führt mich in den Schlaf.

Zwei Hände rütteln sanft an mir. Der Geruch von Automatenkaffee. Ich öffne meine Augen, langsam, eines nach dem anderen, und schaue in dein Gesicht. „Wach auf, Toni." Du sprichst leise, als wärst du dir noch nicht sicher, ob du mich aufwecken sollst. Ich brauche kurz, um mich zu orientieren, liege leider immer noch nicht in meinem Bett. Ich richte mich am Autositz auf. „Mein Rücken..." Du drückst mir einen Plastikbecher mit schwarzer Flüssigkeit in die Hand. „Trink das."

Vielleicht sollte ich aufhören, alles zu machen, was du mir sagst, denke ich, als ich den ersten Schluck herunterwürge. Erstaunlicherweise spüre ich, wie die Verschlafenheit trotzdem ein wenig aus mir weicht.

Du setzt dich zurück auf deinen Sitz und nippst an deinem Kaffee. Dir scheint der bittere Geschmack nichts auszumachen. Dabei blickst du durch die Windschutzscheibe, mit einer Hand hinten abgestützt. Ein kaum merkbares Lächeln liegt in dieser Geste. Ich beobachte dich, wie du schlürfend ein sonnendurchflutetes Waldstück neben dem Parkplatz betrachtest. Mir wird bewusst, dass ich jetzt auf dich angewiesen bin. Dass ich gar nicht nach Hause kann, wenn du nicht willst.

Der Kies unter unseren Turnschuhen knirscht, Raben krächzen einander Guten Morgen zu, oder was Raben sich so zurufen, an so einem klaren Morgen. Die Schiebetüren des kleinen Supermarkts in der Tankstelle öffnen sich und Radiomusik kommt mir entgegen. Ich erinnere mich an die Vormittage, an denen wir statt in der Schule am Waldrand saßen und mein kleines blaues Pocketradio vor unseren Füßen lag und wir uns darüber lustig machten, dass immer dieselben zwanzig Lieder gespielt würden, immer wieder, in einem unendlichen Kreis und in der nächsten Woche dieselben, ein wenig ausgetauscht, als gäbe es nur zwanzig Lieder auf dieser Welt. Und doch summten wir mit bei manchen Songs, und wenn dir langweilig wurde, zogst du einen Sudoku-Block aus deiner Jackentasche und sahst damit unheimlich klug aus. Wenn ich fragte, wie das funktioniert, wie du das machst, sah ich in deinen Augen die Frage: Soll ich's ihm nochmal erklären oder wird er's wieder nicht verstehen? Und dann hast du es mir nochmal erklärt und ich hab es wieder nicht verstanden.

„Hallo?"

Ich blinzle. „Hm?"

„Was willst du frühstücken?" Du hebst die Augenbrauen.

„Kennst mich doch. Joghurt mit Früchten und Müsli."

Aus dem surrenden Kühlregal nimmst du ein Himbeerjoghurt, ein großes, und die billigste Packung Müsli. Mir fällt zum ersten Mal auf, dass ich kaum Geld dabei habe. Für dich legst du eine trockene Semmel auf die Theke und bezahlst unser Frühstück.

„Wie weit ist es bis Wien?", fragst du den Tankwart.

„A Stund und a bissl was, wenn ka Verkehr is."

Du drehst den Zündschlüssel, drückst auf einen Knopf und das Dach über uns faltet sich zusammen, noch während ich mein Joghurt mit einem kleinen weißen Plastiklöffel ausputze. „Es wird heiß heute", sagst du und ich möchte dir widersprechen, denn der Fahrtwind in der frischen Morgenluft ist kühl, aber vielleicht liegt es daran, dass du schnell fährst, so als hättest du es eilig.

Die Stille zwischen uns ist lang. So lang, bis die Sonne über den Hügelkämmen rüber lugt, mir ins Gesicht blitzt, heimtückisch, wenn gerade kein frischgrüner Baum Schatten auf den Käfer wirft. „Was würdest du als Erstes machen, wenn du in einer großen Stadt wärst?" Du überlegst nicht lang. Als hättest du auf diese Frage gewartet.

„Mir ein Piercing stechen lassen. Auf der Unterlippe. Und ein Tattoo auf der Brust."

„Wieso?"

„Weil ich dann endlich machen würde, was ich will, und es mir niemand verbieten könnte. Was würdest du machen?"

„Was für ein Tattoo würdest du dir stechen lassen?", hake ich nach.

„Einen Weißkopfseeadler. Die sind so frei und majestätisch. Vor denen hat jeder Respekt. Und was ist jetzt mit dir?"

Ich schweige. Vor ein paar Jahren hättest du mir darauf eine andere Antwort gegeben. Damals hättest du dir ein seltenes Videospiel gekauft oder wärst Achterbahn gefahren. Ich beginne zu lachen und drehe mich weg von dir, der Sonne entgegen.

„Na?“ Ich schüttele den Kopf, dann seufze ich, belustigt über mich selbst.

„Einen Regenschirm kaufen“, sage ich dann.

Jetzt bist du diejenige, die fragt: „Wieso?“

„Weiß nicht. Ich hatte nie einen.“

„Und warum brauchst du jetzt plötzlich einen? Bist offenbar die letzten neunzehn Jahre auch nicht vom Regen umgekommen.“ Du schmunzelst.

Ich zucke mit den Schultern, wechsle das Thema. „Bist du eigentlich noch mit diesem Jonas zusammen?“

„Nein. Der war ein Arschloch.“

„Warum habt ihr euch getrennt?“

„Kompliziert.“

„Er hat dir verboten, deine Freunde zu sehen, oder?“ Ich wundere mich über mich selbst, und als du nicht antwortest, bereue ich, so direkt und unverschämt gefragt zu haben. Ich erinnere mich an die vielen langen Nachmittage, an denen ich versuchte dich anzurufen, und du nicht ein einziges Mal rangingst. Ich stellte mir immer vor, wie neben dir Jonas steht und das aufleuchtende Display deines Handys kontrolliert und schlecht über mich redet.

„Autobahn, na endlich…“, murmelst du und biegst ab. Du beschleunigst so stark, dass es mich in den Sitz drückt und mein Herz beginnt zu rasen. Du wirkst wütend und unruhig und ich fühle mich schlecht. Ob es die neue Geschwindigkeit ist oder das Thema, das jetzt wie ein Betonklotz zwischen uns liegt, kann ich nicht genau sagen.

Eine halbe Stunde später fahren wir an der Ortstafel von Wien vorbei und du hupst laut, bevor wir das Schild passieren. Ich halte mir die Ohren zu und zucke zusammen. „Wozu war das jetzt gut?“

„Na, in Wien ist doch Hupverbot. Steht unter der Ortstafel. Das muss man ausnutzen, wenn man noch nicht in Wien ist!“, erklärst du, ein wenig gelöster als zuvor.

Ich schmunzle erleichtert.

Wir fahren einen großen Fluss entlang, unter Hochhäusern vorbei. Die Luft kommt mir auf einmal um einiges heißer und dreckiger vor. Ich bemerke, wie du immer wieder auf die Uhr schaust, stelle aber keine Fragen. Vertraue dir blind. Wie früher. Und weiß nicht einmal wieso.

„Diese ganzen Verkehrsschilder verwirren mich…“, sagst du leise, als wäre es dir peinlich. Mir kommt es plötzlich wieder in den Sinn, dass ich mit einer Person ohne Führerschein in einem uralten Auto in einer Großstadt bin.

„Was, wenn uns wer erwischt, also, weil du ja eigentlich gar nicht fahren darfst?“, frage ich vorsichtig. „Wird nicht passieren.“ Deine Stimme klingt überzeugt und fest.

Wir biegen ab, ich sehe Menschen, viele Menschen, überall Menschen und stelle mir vor, wie in diesen Häusern Menschen über Menschen, unter Menschen, neben Menschen leben und atmen und essen und lachen und weinen und einander nicht kennen. Schön und beängstigend zugleich.

Du parkst den Käfer neben den Gehsteig. So eingekesselt von vielen anderen Autos, die mir seltsam neu vorkommen, sieht er ganz klein aus. Als du den Schlüssel aus dem Zündschloss ziehst, fällt mir auf, dass deine Hand zittert. Ich steige aus und strecke mich. „Du warst aber schon mal hier in der Stadt oder?“, fragst du. Ich nicke. „Ist schon bisschen her, aber wir haben immer wieder Ausflüge hierher gemacht, als ich klein war."

Du gehst einfach in eine Richtung los, ich drehe mich um die eigene Achse und folge dir. Ich wundere mich, woher du weißt, wohin wir gehen. Zum Tätowierer? Bei dem Gedanken muss ich lächeln. Wir gehen an einer Auslage voller Regenschirme vorbei und ich bleibe stehen. Als du bemerkst, warum ich dir nicht mehr folge, fängst du an zu lachen. „Geh rein, wenn du magst." Ich nicke und öffne die Tür. Ein Raum voller Taschen und Regenschirme, in allen Farben und Formen und Größen. Der Stoff eines kirschroten Schirmes mit einem schwarzen Griff fühlt sich in meinen Händen gut an und ich verlasse beschirmt das Geschäft.

Vor einem Café, wo Leute draußen sitzen, bleibst du stehen. „Warte hier." Du drückst mich in einen Korbsessel. „Wieso? Worauf?" Die Sonne blendet mich und mir wird ein bisschen schwindelig bei dem Gedanken, von dir alleine gelassen zu werden. Ich hänge meinen Regenschirm an die Sessellehne. „Muss was erledigen. Allein. Bleib einfach hier, bestell dir was und stell keine Fragen. Ich komm in ein paar Stunden wieder, versprochen."

Mein: „Aber wohin gehst du bitte?!", hörst du schon gar nicht mehr, deine Zöpfe schwingen in der Luft, als du dich mit immer größeren Schritten von mir weg bewegst.

Ich merke, wie meine Atmung sich beschleunigt, nehme die Karte des Cafés in die Hand und beginne zu lesen. Doch die Buchstaben schwingen auf und ab, verschwimmen, alles wird ein bisschen undeutlich. Ich atme tief durch.

Sie kommt wieder, sie kommt wieder, sie kommt wieder. Ich stecke hier nicht fest. Allerspätestens morgen Abend bin ich wieder zu Hause.

„Was wollen‘S?“ Eine gelangweilt klingende Männerstimme unterbricht die nervösen Stoßgebete in meinem Kopf. Ich schaue auf. Ein älterer Herr in einem schwarz-weißen Sakko schaut mich mit seinem Papierblock in der Hand erwartungsvoll an. „Was... was gibt's bei euch... zu essen?“ Er verdreht die Augen und deutet auf die Speisekarte. „Können S' ned lesen?“ Ich öffne sie wieder und wähle das Erste, was mir ins Auge fällt. Dabei mag ich gar kein Schweinefleisch.

„Könnten S' vielleicht mein Handy aufladen?“ Fast hätte ich mich nicht getraut zu fragen. „Ich hob ka Zeit für so an Schaas. Aber geben S' hålt her.“ Er hält mir seine Hand hin und beim Rausholen aus der Hosentasche fällt es mir fast durch die Finger.

Sitzen. Warten. Schwitzen. Warten. Essen. Warten. Zittern. Warten. Mein Handy zurückbekommen. Warten. Es aufdrehen und mich auf Instagram verlieren. Warten. Auf die besorgten Nachrichten meiner Eltern beschwichtigend antworten. Warten. Sie nicht anrufen, nicht mit dieser wackligen Stimme. Warten. Aufs Klo gehen. Warten. Die anderen Gäste beobachten, die jungen, die schräg angezogenen, die laut lachenden, die gut aussehenden. Warten. Überlegen. Zahlen mit dem ganzen Geld, das sich noch in meiner Geldbörse befindet. Aufstehen. Mich umsehen. Ratlos.

Da biegst du um die Ecke, langsam, mit gelösten Haaren, auf unsicheren Beinen. Ich gehe dir entgegen und wir bleiben stehen, einen halben Meter voneinander entfernt. „Was... was ist passiert?“ Meine Stimme ist ein Hauch, wird sofort übertönt von dem Hupen eines vorbeifahrenden

Autos. Du wischst dir eine Träne aus dem Gesicht, schaust zu Boden, siehst nicht mich an, überallhin, nur nicht zu mir. Leicht schüttelst du den Kopf, gehst an mir vorbei, setzt dich an meinen Tisch. Ich dir nach. Wir sitzen einander gegenüber und nun kannst du nicht anders, als mich anzuschauen. In deinem Blick ist so viel Angst und Schmerz, wie ich noch nie gesehen habe. Ich sage nichts. Das Lachen vom Nachbartisch hört sich in meinen Ohren falsch an.

„Ich... kann... nicht –“, presst du hervor, deine Unterlippe ist blutig, als hättest du zu oft draufgebissen. „Hey, ist okay, du musst nichts sagen.“

„Scheiße. Was soll ich tun, was soll ich... Ich kann das nicht entscheiden –“ Deine Stimme bricht und deine Augen werden glasig, ich sage nichts, verstehe nicht, will nicht verstehen.

Weil ich nicht weiß, was ich anderes tun soll, lege ich meine beiden Hände auf den Tisch, vor dich. Du legst deine in meine, langsam, zögerlich. Für eine Sekunde taucht ein Bild in mir auf. Du und ich, Hand in Hand, barfuß durch den Wald nach Hause an unserem ersten Schultag. Wir haben gelacht, beide, denn wir waren ja jetzt groß und Schulkinder und hatten in einander gerade einen Freund gefunden.

Während deine Hände in meinen liegen, von oben warm, von der Tischplatte her kalt, denke ich unbewusst an die vielen Male, in denen ich gerne deine Hand gehalten hätte.

Du nimmst deine Hand aus meiner, um dir die Tränen aus dem Gesicht zu streichen. Mir fällt nichts anderes ein, aber ich will irgendwie helfen, und vielleicht hilft es ja: „Gehen wir.“

Lange streunen wir durch die Gassen, stumm, lassen die Stadt auf uns wirken. Dann sehe ich Bäume zwischen den

Häusern hervorlugen. Wolken ziehen auf. Wir gehen durch ein Tor in einen kleinen Park. Kinder laufen an uns vorbei, lachen.

„Ich muss mich setzen“, deine Stimme ist dünn und erschöpft. Eine Bank wird unser Zufluchtsort. „Kannst du ein Geheimnis für dich behalten?“

Ich nicke. Sanft sagst du: „Stimmt, hast du immer schon. Auch als wir Kinder waren, hast mich nie verraten.“ Ich muss lächeln. Der Sand wird nass, die Kinder rufen: „Es regnet, Mama!“ und tanzen und lachen über die feuchte Wiese. Ich bemerke, dass ich meinen Regenschirm im Café gelassen habe.

Ich fühle deinen Atem an meinem Ohr. Deine Hände schirmen die Worte, die über deine Lippen kommen, von der Außenwelt ab.

Und auf einmal verstehe ich. Verstehe, warum du nach Wien musstest und dafür nicht im Dorf bleiben konntest. Verstehe, warum es niemand bemerken sollte. Verstehe, warum du nicht über deinen Ex-Freund reden wolltest. Bin gerührt und froh über dein Vertrauen. Bin erstaunt. Bin verblüfft. Alles auf einmal. Dein Flüstern verklingt, ich drehe ich mich zu dir und umarme dich.

Als der warme Sommerregen nachlässt, frage ich: „Fahren wir oder bleiben wir?“

„Wir sind doch schon da“, antwortest du.

Kleber

Carla Lorenz

Neun

Im Haus ist sie erst zum zweiten Mal, die Straße kennt sie von dauernd und nebenan. Spontan atmen sie eine Stunde lang gleichmäßig nebeneinander her, auf gelbem Kissen und einem Stück Holz. Ganz kühl werden ihr die Handflächen dabei, dass sie auf der Haut jetzt einmal spürt, was sonst so gesagt wird. Die Stunde ist vorbei und sie bleibt, vielleicht weil Wasser kocht.

Hier steht sie mit ihm und sich allein. Wie in einem Abdruck lehnt sie gegen das Warm von unten und lässt sich von Hauswänden nach draußen betrachten. Da findet ein kurzer Kampf statt zwischen ihr und dem Haus, eine Frage, die fest am Fenster klebt. Er trinkt etwas Bitteres, Orangenes, und sie raucht fast allein. Dass sein Körper müde und ihrer ein wenig vergessen ist, es ergibt sich wie von selbst. Sie hören etwas mit Honig und nicht von vorn.

Was machen sie gegen den Hunger? Bringen einmal einen Stuhl in die Küche um den Ofen von oben, das Ganze von nahem betrachten zu können. Schneiden aus einer letzten Scheibe Brot einen ganzen Teller. Ziehen aus Gläsern Getrocknetes und greifen an, was geht. Schon immer gemeinsam gegessen und nie gemeinsam gekocht, nach Tagen fällt ihr das ein wie der Name für ein Tier.

Im anderen Hier sitzt sie lang und schmal das Fragen ab. Was sie sich nicht erklären mag, verschiebt sie schnell ins Schlafen.

Sickern

Fehlt er ihr, fehlt ihr die Schwester? Die Katze oder vielleicht nur ein Zahn? Sie weiß es nicht genau. Zeichnet einen roten Strich und sagt, das sei ein Hut. Steckt sich den Finger in den Mund, aber nur, weil er blutet. Gegen das Zerreißen gibt es nichts zu tun oder einzuwenden. Sie trägt Socken von gestern in Gelb.

Davor war der Raum ums Eck. Eine Bank, wo sie sitzt und auch rastet. Sie kauft sich das eigene Warten kaum ab. Kaut sanft im Mund herum, nur vergessen will sie sich nicht. Er kommt und sie könnte. Im Raum ums Eck, wo man unbeobachtet sehen kann: ein Mann, der den Kopf bewegt vor Schreck über lautes Bellen. Sein Hund kommt früh ins Ohr, erst spät ins Bild. Ein Fenster und im Fenster die geräuschlos fahrende Stadt.

Ein stilles Mineral, sagt er, und der Kellner, dass es so etwas nicht gibt. Vier kleine Gläser Leitungswasser bringt er dann zum Tisch, vier Gläser für zwei Sitzende, zwei auf derselben Bank, der weichen, der grün oder braun oder stoffüberzogenen. Verschwindend klein das Wasser im Glas. Dabei rinnt es doch. Findet keinen Ort zum Sickern. Hat um sich Glas, unter sich Tablett, tropft auf harten Bildschirm und weiche Haut. Das findet in den Mund hinein und keine Worte für etwas anderes als ein Schlucken.

Da rätseln sie über ein Bild an der Wand. Sind das Hunde, Rehe, sind das Pferde? Etwas Laufendes, darauf einigen sie sich. Und im Vorbeigehen erklärt ihnen die Nähe nichts.

Bis zum Zahlen finden sie Sicherheit im Sitzen. Bis zum Haus, ihrem Fenster darin dann. Gemeinsames Gehen, Blick nach oben. Wie könnte es innen anders als dunkel sein. Von dort einmal mit dem halb ausgestreckten, dem halb noch zum Körper gehaltenen Arm in die Höhe zeigen. Die Angst, aus dem Arm würde ein Abschied werden, eine Umarmung und daraus dann sein Gehen. Sie wünscht gutes Heimkommen und er gutes Stufensteigen. Sie wünscht sich, dass es schneit.

Rechteck

An einem Sonntag dieser Wind. Dass manches weht und anderes zittert. Dass manche davon wollen und andere her. Dazwischen die Pausen, für die sie sich nie entscheiden mag. Im Blicken nach vorne verzögert sie sich zu einem Schatten. Als so ein Schatten nicht fallen können, der Fleck am Asphalt bleibt eben Fleck, wenn er fällt. Bewegt sich zwar nach vorne oder hinten, aber nie nach unten. Das gefällt ihr, dieses flache Sein. Ein bisschen verschmelzen mit der Straße und sich sagen, das sei sie.

Sie lehnt sich in den Sessel, ihre Arme verschränkt. Hier will sie das Teetrinken lernen. Sie sucht sich mit der Zunge alle Zähne zusammen, zählt sie sich aus dem Mund hervor. Etwas klopft von innen gegen ihre Haut. Ist das die Müdigkeit oder ein Hunger? Der Sessel dreht sich, er wäre gerne Uhr. Mit den Beinen spielt sie Zeiger, spielt sie Tag und Nacht und Morgen danach. *Wie fühlt sich das an?*, fragt sie den Sessel. Das fühlt sich roh an, wie Teig. Etwas Gutes und dann aber Schlechtes für den Bauch.

Und wo schläft sie sich davon? Was ist hier weich, was ist aus einem und auch einem anderen Stoff? Dieses Bett, in dem sie nie schläft, aber immer liegt. Dort verwächst er sich zu einer Figur mit vier Seiten. Liegt am Rücken, hungrig oder still. Kennengelernt hat sie ihn als einen, der in seinem Bett schläft, gedreht oder gerade, unter der oder ohne Decke. Jetzt liegt er in einem Rechteck, in das sie hinein oder hinaus passt, zu dem sie nie dazu passt. Sie will ihn so gern aus diesem Rechteck erzählen.

Was für die beiden geht, ist gemeinsames Liegen, vielleicht ein leichter Schlaf. Einander halten und bei jedem Zucken zusammen aufwachen. Sich vor Müdigkeit nicht anschauen können. Jedes Umdrehen ein kurzes Aufgeben, jedes Stillhalten ein Versuch.

Dazwischen

Was sieht sie am Fenster. Zwei Frauen in geviertelten und halbierten Daunenjacken. Wo er weg ist, jetzt, da steht sie wieder und raucht am Morgen. Was ändert sich noch? Die Flecken Licht und die Flecken Müdigkeit, sie greifen ineinander. Etwas Kleines brennt, ein Geruch bleibt. Die Hausnummer gegenüber ist ihr zum ersten Mal eine Zahl. Die unten, die Vorbeigehenden, die oben, die von Höhe und Entfernung Verdunkelten, sie schaut sie sich an. Da schieben sich Ränder über den Tag. Etwas schwappt ins Bild, sie spreizt die Zehen von sich. Der Rand ist stabiler, wenn es ihn gibt.

Fünf Tage später ist der Boden wieder leer. Andere Finger streichen ihr am Abend das Haar hinter die Ohren. Anderen Mündern schaut sie mit leeren Augen beim Trinken, Kauen, Mund sein zu. Da geht es ihr ähnlich, aber frisch gewaschen das Gesicht. Wenn eine hellgelbe, eine fast bläuliche Müdigkeit kommt über sie. Dann räumt sie im Zimmer herum, richtet die Möbel zum Schlafen zurecht und löscht alle Lichter. Die Vorbereitung des Schlafes dauert länger als der eigentliche Versuch. Liegt sie dann gerade und unter drei Decken, bemerkt sie schnell: das ist nicht der Grund der Erschöpfung. Sich also schnell aus dem Bett hinaus drehen, als wäre es eine Idee.

Oft kommt die Freundin am Abend und bleibt. Wenn sie kommt und erst spät, wo manches fährt und anderes steht, wieder nach Hause geht, dann hat das wenig zu bedeuten. Sie schlafen nebeneinander und gut. Voneinander getrennt öffnen sie die Fenster ein wenig. Am Morgen das Greifen nach dem Traum, das stille Versuchen zu zweit. Im letzten Schlaf hat sie aus dem Fallen ein Baum gerettet. Der war hoch wie ein Halm und niemand wollte sie von ihm schütteln.

Jetzt ist er über dem Meer und sie hat nichts davon gehört. Jetzt sind ihr die Hände feucht geworden und die Augen verronnen zu etwas Weichem und Schwarzem, das die Freundin, ihr in den Armen liegend, betrachtet. Nicht wegreibt oder abspricht, das sie nur anschaut von ganz nah. So dicht liegen sie beieinander, dass ihr kalt wird beim Gedanken an ein Vergehen.

Und doch, etwas fehlt. Vor allem die frühe Nachahmung: Dass er einen Schluck Wasser nimmt, je nach Temperatur schnell oder langsam von der Matratze auf den Boden steigt, das Fenster kippt, als wäre es die Nacht. Ihre Arme nimmt, als wären es seine. Was soll sie trinken und wohin soll sie steigen. Wie sich abheben vom Gemerkten und Gelernten.

Sie schaut sich auf die eigenen Lippen, öffnet und schließt sie im erdachten Takt, bis zum Kopf keine Luft und zum Auge kein Bild mehr kommt. Meine Lippen, sagt sie sich, kenne ich so nah wie er – und um den Rest weiß ich nicht Bescheid.

Auswahl

Zehn vor halb ist es. Sie weiß, sie muss jetzt alles zusammenpacken und in die Taschen stecken. In der Reihenfolge von immer kommt dann alles bereits in Taschen Gesteckte in die andere große Tasche hinein. Sie sitzt vorm Fenster und geht im Kopf die verschiedenen Taschen durch. Schon hat sie alles zusammengepackt, ist zum Gehen bereit, und sitzt noch vorm Fenster. Sie wartet, bis es zu spät ist, um aufzubrechen, doch das dauert noch. Sie steht also auf, und lustlos passiert, was in den Händen schon vorbereitet war.

Halb ist es, und sie kann jetzt gehen. Sie arbeitet sich vom Schritt aus der Tür bis zum Schritt aus dem Haus bis zum Schritt in die Bahn, so weit aber kommt es nicht. Sie steht vor der Rolltreppe und geht die Möglichkeiten durch. Sie will nicht umdrehen, will aber auch nicht fahren. Sie schaut sich einmal alle schnellen und langsamen Leute an, die sich an ihr vorbeischieben. *Schade, dass ich nicht umgeworfen werde*, denkt sie kurz, und dann: *Jetzt aber entscheiden!* Sie geht die Menschen durch, die auch ohne Entscheidung sind. Niemand von denen steht neben ihr.

Sie geht ins Geschäft und schaut lange ins Regal mit Schokolade hinein. Sie will eine kaufen und eine mitnehmen, sie wählt langsam und ohne Meinung aus. Sie ist zu müde zum Stehlen und kauft die linke, die rechte stellt sie neben ein Glas Honig. Den hätte sie gerne, nur ist der zu schwer zum Verschwinden. Mit weißen Schritten schiebt sie sich aus dem lauten Geschäft und geht in Richtung Gasse.

Auf der Gasse sucht sie sich einen schönen Menschen. Sie möchte von ihm aus der Gasse und ihrem Warten gezogen werden. Sie findet einen, schaut ihn an und geht weiter. Sie hält sich so nah an den Häusern, dass sie langsam sein darf. Dann biegt sie ab und setzt sich auf ein Viereck aus Stein, das hier neuerdings steht. Es ist vor allem zum Bleiben da.

Im Sitzen sucht sie sich einen Blick aus und in der großen Tasche die kleinere mit Tabak darin. Sie raucht vor sich hin und wird ungeduldig. Sie vertraut der Auswahl nicht mehr. Als die Zigarette schon vorbei ist, ihr aber noch zwischen den Fingern liegt, kommt die Auswahl endlich ums Eck. Die Auswahl sieht von nahem sehr blass, sieht ja vollkommen falsch aus. Es kann sein, dass sie einen Fehler gemacht hat. Schnell sucht sie sich einen neuen Blick, steckt sich die leere Zigarette in den offenen Mund, schaut mit ihrem frischen Blick tief ins Viereck aus Stein. Die Auswahl schaukelt sich davon und verschwindet wahrscheinlich. Dem Abgang der Auswahl aber schaut sie nicht zu, um sich nicht daran zu erinnern. Schon ist es wieder leer hier. Da ist sie froh.

Elf

Zwei Mädchen, zwei Stirnen mit glattem und lockigem Haar. Dass immer ein wenig davon im Blickfeld hängt, zum Anhalten von Auge und Atem. Dass es mehr wegzustreichen gibt als nur ein Wort oder zwei, dass es auch Strähnen hinter die Ohren zu legen gibt.

Mit plötzlich so leer gewordener Stirn finden sie sich wieder. Der Raum, wo sie sich finden, die Beine nackt und gestreckt unter geteiltem Stoff. Wie sich die Wände dort anfühlen, die Böden, in glatt oder vom Teppich bedeckt. Wie das Wasser dort warm aus der Leitung kommt und wie sie sich daran verbrannt haben. Wie dort die meisten Fenster von dünnem, weißem Stoff verdeckt bleiben und wie die Temperatur in den Räumen schwankt. Zwei Orte gibt es, wo sie aneinander liegen, vielleicht drei. Es gibt genug zu bedecken und genug von sich zu schieben. Es gibt eine Wärme hier, die riecht wie sie.

Zwei Mädchen stehen in geteiltem Gewand am hohen Fenster. Und würden sie nicht alles teilen, wäre eine immer nackt und hungrig. Und wo sie am Fenster stehen, da geht etwas Kleines über. Es gibt diesen Blick am hohen Fenster, der nur von links funktioniert. Und weil sie hier stehen und lehnen, weil sie frieren wie immer, wird es warm.

Was wird noch. Etwas wird passieren und die eine kann nicht mehr schlafen. Wenn sie wach wird, in der Nacht, in der Früh, wenn sie wach liegt und wartet, spricht sie an gegen das schnelle Herz. Sie erzählt sich aus dem Schlaf, bis der Raum wieder hell wird.

Mit dem Morgen kommt müde Erleichterung. Die spürt sie in der Stirn mehr noch als hinter den Lidern. Wenn an einem Morgen jemand anruft und fragt: *Hast du heute schon geweint?* dann antwortet sie mit leisem Lachen. Sie freut sich, wenn ein Jemand anruft und sie *Ja* sagen kann. Dann lachen beide und horchen in den Pausen ganz wach aufs Atmen des anderen.

Zimmer

Sie betrachtete behutsam ihr Alleinsein im Schaufenster.

Samstag war es, Salzburg war es und kalt.

Entschuldigen Sie, ich vermiete Zimmer, kam da ein schmaler Mann auf sie zu. *Zimmer – aber wo?* fragte sie, und sich selbst: *Was will diese Gestalt von mir?*

In Thessaloniki, antwortete der Mann, *ich vermiete Zimmer in Thessaloniki*, streckte ihr einen Zettel entgegen, visitenkartengroß, dabei zeitungsdünn, und darauf, kaum erkennbar, ein Plan von etwas wie einer Insel. Vielleicht nur ein Fleck.

Montag ist es, sie liegt unter der Decke und friert. Sie greift nach der Haut und allem darunter, den Rippen, die sie streichelt wie etwas Lebendiges. Sie steht auf, zieht sich, erst danach sieht sie sich an. Sanft tastet sie nach Anwesenheit oder einem Spiegel. Ihr klebt der Blick am Boden, wo außer den Füßen nichts zu sehen oder zu bewegen ist. Als ob die ihr gehören würden.

Sie bemerkt sich und bekommt Angst, weil sie weiß, wie falsch und verschoben. Sie weiß nicht wirklich, wie es anfängt oder aufhört. Bestimmt bei mir, denkt sie sich – aber wo? Bestimmt hier, sie greift sich in die Tasche dabei, wo der Zettel mit Fleck darauf steckt. Vielleicht ein Zimmer in Thessaloniki.

Heim

Wie schnell die Rückkehr passiert. Ein Aneinanderliegen, ein Tasten nach fremdem Land und fremdem Körper. Was haben sie vergessen und sich zu erzählen. Was steht im Raum: ein Tisch, die Kisten und das Rad.

Vielleicht ist die Haut jetzt ganz braun, vielleicht das Licht nur verschoben. Vielleicht kann das Fenster schon ohne Frieren offen sein. Und wie weich das Gesicht.

Am Abend sprechen sie über die Katze, am Morgen über den Tag. Wann sprechen sie etwas nieder und zu Boden? Wann schreit der Nacken zur Begrüßung, die Augen nach dem Mund?

Da sind die Arme der beiden, die ineinander finden. Etwas ruht in seiner Hand, gehört das denn zu ihr? Und er fragt: *Wie ist das passiert? Warum liegt deine Hand in meiner, was sucht sie denn in ihr? Reiß das hinaus aus mir*, sagt er, *nimm das zurück*. Und sein Greifen in leere Luft.

Wer geht da mit ihr durch den Park, wo plötzlich alles blüht? Wo plötzlich Frühling ist und sicher Sommer kommt. Was ist von dem abgefallen und was hat sich in ihn gelegt? Da friert etwas ein in ihr. Mittagslicht aber unsichtbar.

Das Fehlen war kein Fehler. Aber einen Tag zu kurz. Und so schiebt sie ihr Rad und hält sie ihr Rad, als wäre es er.

Kleber

Sie hat die fremde Jacke an, um einmal nicht einfarbig zu sein, die fremde, schwarze Jacke hat sie an aus Leder. In ihr findet sie weder Feuer noch Halt. Innerlich das Fluchen und außen was? Ein Zittern, das in den Füßen beginnt, sich durch den Körper drängt bis zu den Fingern, als wäre es rundherum kalt. Dabei ist doch schon das Ende des Monats. Da muss es doch wärmer sein.

In einer fremden Jacke versteckt es sich schlecht. Was will sie eigentlich darin? Sie schneidet sich die Haare, wechselt Jacke, Lidschatten, Stift. Sie stellt sich aufs Dach und schaut, was die Stadt ihr zu sagen hat. Es kann gut und sehr schlecht sein am Dach. Das liegt nie am Wetter, nur selten am Wind.

In einer immer noch neuen Wohnung, sie kennt sie nicht besser als sonst. Kaffee so dünn wie schwarzer Tee, die Tasse klein wie für jemanden in Eile. Sie sitzt und schaut, vor allem nach vorne. Sie hört das offene Fenster und riecht nichts Bestimmtes.

Es ist so, dass sie sich nicht aufs Vertraute verlassen mag. Und jedes Mal die kleine Freude dann, wenn etwas nahekommt. Sie will von allem und allen ein bisschen. Vermisst lieber die, die sie heute gesehen hat, als an Tagen davor.

Ist das ein Abschied oder ein Erkennen? Wenn sie bemerkt, dass sie geht, wenn sie geht.

Wolken Sätze

Leyli Nouri

Zweite Chancen

Die Erleichterung kommt nach langem Sehnen und folgt auf einander Warten. Sie kommt in einer Flut, die ganz offen fehlende und doch leise vor sich hin klaffende Stellen schließt. Von außen werden sie gefüllt und von innen fängt Festgesessenes an zu schwimmen. Man ist wieder in den anderen getaucht.

Gehetztes Strampeln legt den Takt für unseren neuen Tanz fest, denn das Warten war nervös. Es ließ mir keine Zeit, Dinge wirken zu lassen, stattdessen ertrank ich in ihnen.

Wir rutschen.

Und

jetzt humpeln zweite Chancen, sie gehen nicht einfach so voran, noch verletzt drücken sie sich und hinterlassen blaue Flecken. Fingernägel streichen Kratzer, wenn wir uns kraulen und zurückhaltende Worte klingen wie Beleidigungen. T-Shirts duften nach Erinnerungen und jedes Lachen hallt uns noch von damals voraus.

Sie übertönen den Zweifel nicht. Der gibt sich als ein Paar Krücken aus,

doch lässt uns fallen, wenn man sich abstützt.

Rennstrecke

Dort drüben wartest du. Mit offenen Armen. Schwarze Schuhe schmelzen in den Asphalt. Ich bleib stehen, während es grün blinkt. Du winkst. Und ich hinke. Erinnerungssteine zerren sich über den Zebrastreifen, wir tragen Narben mit uns herum wie eingebrannte Wegstrecken.

Ich glaube, ich muss woanders hin. Richtung leere Versprechen, weg von sicheren Wohnstraßen und Spielplätzen.

Puzzle

Das Bett, auf dem ich eingekrümmt liege, bewegt sich. Ich höre Herzschläge, die zu einem Trommeln werden. Etwas reißt ab. Zurück bleibt flacher Atem und kalte Hände. Der Rest von mir drückt das Gesicht ins Kissen und hofft es hört bald auf.

Da ist ein Spalt zwischen sich festkrallenden Nägeln und meinem Ich. Es klafft leise vor sich hin, wartet, bis auch das letzte Stück Gewissheit hineinfällt.

Verschluckt.

Das laute Nichts hat mich stumm gemacht. Wortfetzen prasseln an den Wänden herab und hinterlassen eine Spur ungesagter Dinge.

Ein trockener Mund; ein Wimmern.

Taube Finger tasten in lauwarme Luft. Ich halte mich fest am Wind, doch er nimmt mich nicht mit. Ein Taumeln folgt schweren Beinen, jede Richtung führt in ein größeres Verlieren. Um eigene Spuren zu verwischen, muss man sich nur lange genug nicht folgen. Sich ignorieren.

Gekühltes Soda, als Antwort auf die Stickigkeit. Flimmernd steigt der Sprudel Richtung Himmel, ich mach es auf, lasse meinen Kopf zerrinnen; unaufhaltbares Rinnen, in dem Gedanken schwimmen, bis sie zerfallen.

Aufgeteilt zurück unter schweren Laken zieh ich ein Stück Früher über den Kopf. Eine Zeit ohne Schwanken, eine

Zeit in der man sich nicht vergisst. Beim Vergessen fliegt man, aber schwebt dabei nicht. Es macht so hohl, dass volle Gedanken abrutschen und beim Fallen, ihre leere Hülle bricht, die Idee von anderen zurücklässt. Ich schmelze in den Asphalt der Erinnerungssteine, will weiter zurück, doch das Trommeln lässt mich nicht stehen. Ich hinke zwischen meinem Jetzt und dort.

Mein Ich ist in den Spalt gerutscht.

Verlorengegangen sucht mein Blick nach mir und findet den Körper von jemand anderen. Zwei Knochen pressen Hände zwischen den Knien, halten mich fest. Beim Loslassen steigen sie hoch. Gedankenkreise. Sie drehen sich, fallen. Auf Hüften bleiben sie kleben. Wenn ich sie berühre, blättern sie ab, verschwinden zu kleinen Wunschblasen.

Ich bleibe liegen.

Ein Starren auf die Decke. Ein Hoffen bleibt mit mir im Bett zurück. Vielleicht findet sich das Ich im Seifenspender oder hinter dem Duschkopf wieder. Vielleicht sucht es nach mir, wenn das Finden in anderen stoppt. Wenn ich danach rufe, antwortet es nur mit Rennen. Wenn ich stehen bleibe, trägt es meine Gedanken mit.

Ungeduldig schlägt das Trommeln in meiner Stummheit weiter. Sagt, es sucht, bis es was gefunden.

Von dort drüben schau ich zu,
warte mich in den Schlaf.

Fotoalbum

Rachel Ettedgui

Ein kleines Mädchen steht spitzbübisch vor dem Eiffelturm und lächelt.
Sie nimmt die Hand ihres Vaters und ruft glucksend:
„Papa viens, on va s'acheter une petite tour!"

Aus dem Urlaub zurück zu Hause steht sie bei *Albert Heijn* mit ihren Eltern an der Kasse. Verständigt sich in einer Sprache, die ihr sehr geläufig ist. Übersetzt für ihre Eltern.
„Hoe kan ik je vandaag helpen?"
Sie geht in den Kindergarten, auf die vrije school.
Sie ist noch keine sechs Jahre alt.

Sie übernachtet bei ihrer damaligen besten Freundin.
Ilse, ein Mädchen von der vrije school.

Am Morgen läuft sie aufgeregt zum Frühstückstisch.
Erblickt vorfreudig den *hagelslag.*
Endlich ist der Tisch gefüllt und ihre Freundin verkündet:
„Eet smakelijk."
Hastig greift sie nach den Brotscheiben, der Butter und schließlich den Schokoladenstreuseln vor ihr.
Verteilt den *hagelslag* auf ihrem Toast.
So etwas kommt bei ihr zu Hause nicht auf den Frühstückstisch.

Die Sommer verbringt sie in den Vereinigten Staaten.
Spielt mit ihrer Schwester im großen Garten der Großeltern.
Sie lachen und werden von Grandpa unterbrochen.
„Mes puces vous venez? On va rendre visite a votre arrière-grandmère."
Eifrig nicken sie.
Sie kommen im Haus an, das nach Gebäck und ein bisschen nach der Urgroßmutter riecht. Die ganze Familie amerikanischer Seite ist zu Besuch.
Eine große Freude des Wiedersehens im Haus. Ein Kuss hier, eine Umarmung da.
„Komm, hug grandmommy." Die beiden Schwestern umarmen ihre Urgroßmutter fest.
Grandma und ihre Schwester fallen sich in die Arme. „Drágám! Édesem!"
Sie kann hören, wie sie ungarisch reden. Die englische Umarmung ist im Ungarischen die kleine Schwester. *húg*.
Dann fällt ihr das Gebäck in die Augen.
pogácsa.
„Grandmommy can I have some?"
So gut es in der Sprache geht, richtet sie sich an ihre Urgroßmutter.
Diese nickt, wohlwissend, dass zum Ende des Besuches kein einziger Bissen von den Pogatschen mehr übrig sein wird.

Sie kann sich noch an kleine Dinge erinnern.
Die Nadeln im Teppich.
Wenn Grandma vergessen hatte sie aufzuheben.
Die kleinen Porzellanfiguren hinter der Vitrine im Gang.
Die fand sie immer besonders schön.

Auch kann sie sich noch gut an ihren Grandpa erinnern.
Wie er morgens betete.
Auf Hebräisch.
In einem weißen Gewand.
Mit einer Kippah auf dem Kopf.
Sie durfte auch oft eine tragen.
Und Matze.
Matze isst sie heute noch.

Sie ist mit ihrem Vater spazieren.
Sie laufen die Straße entlang und er fragt:
„Do you want to move?"
Auf Englisch. In ihrer Erinnerung auf Englisch.
Doch das kann nicht sein.
Sie konnte es damals doch kaum sprechen. Kaum verstehen.
Ihre Augen leuchten auf.
Umziehen.
Sie nickt.
„Where to?"
„To where Grandma and Grandpa live."
Er lächelt.
Am nächsten Tag verkündet sie ihrer Lehrerin stolz: „Ik verhuis naar de Verenigde Staten"
„Ich ziehe nach Amerika."
Sie fühlt sich so groß.
So alt.
So erwachsen.
Amerika.

In den Niederlanden lebten sie in einer kleinen Wohnung.
Aber mit genügend Platz, um Unordnung zu schaffen.
Mit einem kleinen Garten nach hinten hinaus.
Ihr Zuhause in Amerika ist anders.
Beim ersten Mal ist sie überwältigt, als sie es betritt.
Vier Schlafzimmer.
Drei Badezimmer.
Zwei Stockwerke.
Es gefällt ihr.
Sie darf sogar eine ganze Wand in ihrem Zimmer in einer Farbe streichen, die sie sich wünscht.

Kurz darauf beginnt ihr Vater mit ihr Englisch zu sprechen.
Am Anfang fällt es ihr schwer.
Niederländisch entfällt ihr am schnellsten.
Französisch lässt sich schwerer vergessen.
Französisch ist ein Teil von ihr.
Zu Beginn muss sie ihren Vater ständig nach Worten fragen, weil sie sie noch nie zuvor gehört hatte. Heute ist es andersrum.
Von Zeit zu Zeit schwirren ihr kleine Wortfetzen Niederländisch durch den Kopf.
Manchmal versucht sie, mit ihrem Vater auf Französisch zu kommunizieren.
Gerne antwortet er ihr auch.

Die Sommerferien in der vierten Klasse verbringt sie in den Niederlanden.
Zwei Jahre nachdem sie in die Vereinigten Staaten umgezogen war.

Sie besucht Ilse, die einmal ihre beste Freundin gewesen ist. Gemeinsam sitzen die beiden Mädchen auf einem Bett. Beide flechten an einem Armband.
„Should I...“ sie sucht nach Worten „Moet ik dat voor je doen?“
Das andere Mädchen denkt nach. Ein konzentrierter Ausdruck liegt auf ihrem Gesicht.
Langsam nickt sie, denn sie versteht jetzt.
„Dank je wel.“
Es klingt nicht so schön wie bei dem anderen Mädchen.
Eigentlich hatte sie ihre Mutter gebeten übernachten zu dürfen, aber jetzt wartet sie auf den Moment, an dem ihre Mutter sie wieder abholt und nach Hause bringt.
„Should I make mine for you?“
Sie fragt auf Englisch, weil es ihr anders schwerfällt.-
Ein konzentrierter Gesichtsausdruck der Freundin.
Schließlich nickt sie. Erneut verfallen sie in Schweigen.
Beschäftigen sich mit der Aufgabe das Armband fertigzustellen.

In Amerika soll sie auf eine deutsche Schule gehen, die Deutsche Internationale Schule Washington, DC besuchen.
Damals war die Schule noch nicht offiziell „international“.
Damals war es einfach die Deutsche Schule Washington, DC.
Das Grundstück gehört dem deutschen Staat.
Es ist ihr kleiner Teil Deutschland, den sie mit sich herumträgt.

Jetzt kann sie nicht mehr beliebig oft Omi und Opa in Deutschland besuchen.
Jetzt fliegt sie nur noch in den Sommerferien zu ihnen.

Sechs Wochen lang.
Und an Weihnachten.

Über die Zeit lernt sie ihr neues Zuhause zu lieben.
Sie mag es hier.
Ihre Freunde.
Die Umgebung.
Die Menschen.
Alle immer etwas zu laut.
Zu interessiert.
Ist sie jetzt auch so?
Sie redet gerne.
Liebt diesen Teil von sich.
Lernt gerne neue Menschen kennen.
Dieser Teil von ihr ist typisch amerikanisch.
Sie liebt es, wie die Menschen auf der Straße winken, wenn man an ihnen vorbeiläuft.
Sie wirken immer glücklich.
Sie liebt die kleinen Unterhaltungen, die Kassierer mit ihr führen.

„Kommt ihr zum Abendessen?“
Ihre Schwester und sie stehen auf.
Man hört die polternden Schritte ihres kleinen Bruders, wie er die Treppen hinunterspringt.
„Willst du, dass wir einen Stock tiefer landen?“, ruft sie ihm hinterher.
An ihre Schwester gewandt meint sie: „Ich geh schon mal, ja?“
Sie betritt die Küche und hört, wie ihre Mutter an ihren Vater

gerichtet noch meint: „Honey, can you grab the placemats?“
„Mama soll ich helfen? Den Tisch decken?“
„Nein Mäuschen, alles steht schon bereit. Obwohl, könntest du kurz die Untersetzer holen?“
Währenddessen läuft sie ihrem Vater entgegen.
„Hi Paps!“
Sie sitzen alle um den Tisch und legen sich die Nudeln auf die Teller.
Wild gestikulierend erzählt sie ihrer Schwester vom ersten Schultag.
Auch ihre Mutter wirft etwas ein.
Ihr Bruder lebt in seiner eigenen Welt, während auch er erzählt.
Ihr Vater hört schweigend zu.
Irgendwann meint sie: „Hey Papa, how was your day?“
Erst dann fängt auch er zu erzählen an.

Sie spricht es nie wirklich aus.
Aber sie hat Angst davor, nicht genug zu sein.
Nicht genug deutsch zu sein.
Noch nie ist ihr jemand begegnet, der sie beurteilt hat.
Amerikanerin zu sein, macht sie nur anders.
Ein Gesprächsthema bei neuen Begegnungen.
Aber niemals weniger deutsch.
Es ist lächerlich, dass sie sich selbst diese Frage stellt.
Und doch ist sie da.
Bin ich deutsch genug?

Als ihr Deutschlehrer empfiehlt, deutsche Klassiker zu lesen, verbringt sie ihren Sommer mit Franz Kafka:

Du hast mich letzthin einmal gefragt, warum ich behaupte,
ich hätte Furcht vor Dir.
Ich wußte Dir, wie gewöhnlich, nichts zu antworten,
zum Teil eben aus der Furcht, die ich vor Dir habe, zum Teil deshalb,
weil zur Begründung dieser Furcht zu viele Einzelheiten gehören,
als daß ich sie im Reden halbwegs zusammenhalten könnte.

Sie liebt Lesen, liebt die Bücherei an ihrer Schule.
Wie ihr die Buchrücken zulächeln.
Englische Bücher sind noch einmal unterschiedlich.
So viele Wörter.
Trotzdem liest sie auch diese von Zeit zu Zeit.
Jedes Mal fällt ihr auf, wie schön die Geschichten sind.
Aber es ist trotzdem anders.
Deutsche Bücher sind weniger Worte und mehr Welten.

Sie fährt mit einer Freundin im Auto.
Die Mutter erklärt: „Nur drei Kinder dort sind richtig deutsch.
Der Rest ist entweder nur zur Hälfte deutsch oder gar nicht."
Was ist sie selbst?

In einer Englischklausur holt sich wie alle anderen ein Deutsch/
Englisch-Lexikon.
Ihre Lehrerin streift vorbei, legt ihr die Hand auf die Schulter
und meint
„You're not going to need this, you think in English anyway
don't you?"
Sie lächelt tapfer, beißt die Zähne zusammen und nickt.

Sie hat eine Freundin, die zur Hälfte Koreanerin ist.
Beim Spazieren erzählt sie:
„Mein Bruder hat letztens die koreanische Staatsbürgerschaft aufgegeben. Er hatte Angst davor, jederzeit zum Militär einberufen werden zu können.”
„Hat er jetzt nur noch die deutsche Staatsbürgerschaft?”
Sie nickt.
„Aber er sieht sich ja trotzdem noch als Koreaner, nicht wahr?“
„Natürlich”
Es ist wie bei ihr.
Beides macht sie aus.

Sommerferien in Berlin. Sie steht mit Hannah vor dem Schwimmbad in der Schlange. Kommt mit den Menschen vor ihr ins Gespräch.
„Boah cool, bist du dann Amerikanerin?“
Lächelnd nickt sie.
„Krass, woher kannst du dann Deutsch?“
„Ich bin auch Deutsche, hab auch die deutsche Staatsbürgerschaft.”
Ihr Gegenüber runzelt die Stirn. Er scheint es nicht zu verstehen.
„Naja, ich bin eben doppelt.“

Sie hat einmal gehört, wie viel Glück man haben kann, wenn man mehrere Sprachen spricht.
Solche Menschen erleben das *tip-of-the-tongue-feeling* viel öfter, weil sie so viel mehr Wörter haben, an die sie sich erinnern können.

Sie liebt Worte, die es in anderen Sprachen nicht gibt.
Worte, die ein Gefühl ausdrücken, wofür man in anderen Sprachen Sätze für braucht.
Geborgenheit.
Fernweh.
Awkwardness.
Ridiculousness.

„Hey guess what, yesterday I researched all day to look at some Universities, do you want to know what I found?"
University of Sydney. University of Queensland.
Als ihre beste Freundin zu Ende erzählt hat, fragt sie: „And what about you?"
„Well", fängt sie an, „I'd like to study in Europe. Germany. Or maybe England? I guess the East-Coast would be nice too. Wouldn't it be a dream? Oxford and Cambridge? Maybe I'll do a gap year here."
Abends sitzt sie in ihrem Zimmer und recherchiert.
Die besten Universitäten für Medizin.
Ihre Finger fliegen über die Tastatur.
Oxford.
Harvard.
Aber auch die LMU.
Ludwig-Maximilian-Universität.
Der Klang gefällt ihr.

„In welcher Sprache träumst du?"
Sie weiß es nicht genau.
In beiden?
Vielleicht träumt sie auch stumm.

Vor ihr liegt ein Stammbaum, an dem sie zeichnet
Ungarn, Magyarország.
Marroko, برغملا.
Bilden links den Anfang.
Rechts steht Deutschland für sich allein.
Langsam zieht sie einen roten Faden.
Links durch den Zweiten Weltkrieg.
Ungarn flieht nach Amerika.
Marokko bleibt, doch geht es auch auf Reisen.
Deutschland ist beständig.
Der Faden dehnt sich aus, zurück nach Europa.
Nach Frankreich, Paris.
Dann nach Amerika.
Nun wandert auch Deutschland.
Sie zeichnet.
Langsam tanzen die beiden Enden des roten Fadens
Deutschland und Amerika drehen sich umeinander.
Verbinden sich.
Ein Walzer.
Sie setzt ihren Namen.
Sie ist da.
Angekommen.

Ich bin eine Pflanze

Bernadette Sarman

I. Wachsen

Zwischen Kirschblüten und Birkenpollen bin ich groß geworden. Mein Vater wollte, dass meine Schwestern und ich im Grün aufwachsen, mit ihnen lag ich oft im Gras, wenn die Sommerhimmel rosa wurden. Die Birke in unserem Garten war mein erster Aufstieg; danach wusste ich, ich kann alles. Meine blauen Flipflops sind an der Rinde abgerutscht, ich habe die Knie gegen die dicken Äste gedrückt, die feine Haut unter meinen Kniescheiben wurde rot. Von oben sah ich die weite niederösterreichische Weinberglandschaft, hinter den Hügeln glitzerte das nächste Dorf.

Auf Omas Apfelbaum habe ich es nie alleine hinaufgeschafft. Meine Schwestern hielten mit klammen Fingern die Holzleiter, die schwer in der Erde steckte. Omas Apfelbaum war majestätisch, „Grafensteiner Apfelbaum" nannte Oma ihn, er steht bis heute noch in der Mitte ihres Gartens. Zusammen sammelten wir die Äpfel im Herbst, die weichen Schalen klatschten auf das Plastik der Kübel, bis sie voll wurden. „Oma", habe ich gefragt, „wohin soll ich sie geben?"

II. Wurzeln essen

„Gib sie mir." Omas dünne Finger fuhren über die pralle Oberfläche der Äpfel, dann wusch sie sie, die Erde verschwand in kleinen Wasserkreisen im Abfluss. Das Messer klapperte auf dem Holzbrett, als sie das Obst spaltete, die Luft roch süß. In der Küche war es immer zu warm, mein Vater machte ständig Witze, wie tropisch es sei. „Helft Oma“, hat Mama gesagt, und wir haben sie gefragt. – „Nein, gerade eigentlich nicht“, kam es von ihr. Oma arbeitete weiter, keine ihrer Bewegungen war zufällig. Konzentriert den Blick auf den Teig gerichtet, beobachtete ich, wie sich ihre Sehnen in den Händen spannten beim Schneiden, Rühren, Streichen. Der Strudel ging im Backrohr auf wie mein kleines Herz, als sie ihn herausholte. Das heiße Metall schreckte mich ab, sofort ein Stück herunterzuschneiden und ich wartete, bis alle da waren. Der Küchentisch war groß genug für uns alle; es staubte in der Luft, als Papa wieder zu viel Zucker auf den Kärntner Apfelstrudel streute.

III. Die andere Seite / doppelt wachsen

Obachan hingegen hat nicht gerne gekocht, oder gebacken. Obachan, おばあちゃん, das heißt Oma. Es waren immer Oma und Obachan; als Kind habe ich mich immer gefragt, wie andere ihre zwei Omas unterschieden.

Obachan bestellte immer eine riesige Platte Sushi, wenn wir wiederkamen. Unser Wiedersehen war wie ein Fest, ein Stück Glück. Ich weiß noch, wie sie auf den Steintreppen ihres Hauses wartete. In der schwülen Sommerluft dachte ich immer, ihr kleiner Körper würde gleich schmelzen. Wir stiegen aus dem klimatisierten Taxi heraus in die Hitze, Obachans Arme waren dünn, aber groß genug für uns drei.

Hier umarmt man sich eigentlich kaum, hat Mama einmal gesagt, als ich gefragt habe, warum. Dort, wo Mama herkommt, gibt es weniger Körperkontakt, ich habe es lange nicht verstanden. Dafür liegt eine andere Art von Nähe im Gesprochenen, in Gesten.

Auch wenn ich die Hälfte von dort bin, liebe ich Umarmungen.

Liebe habe ich von Obachan immer bekommen. Meine Schwestern und ich liefen mit Plastikkörben durch Kombini-Stores – kleine Supermärkte, die 24 Stunden offen haben.

„Ihr könnt euch alles aussuchen", hat Obachan gesagt. Was wollt ihr haben? ほしいもの は?

Durch die damals für mich hohen Gänge zu gehen, die mir jetzt bis zur Schulter reichen, war ein Abenteuer. Unseres.

Sie stellte Fischfutter neben das Aquarium, wir leerten es zu unseren Goldfischen, bis sie alle nacheinander starben. Meine Zwillingsschwester mochte Totes nie, zusammen mit meiner kleinen Schwester setzte ich die Fische unter Bonsaibäumen bei, während die Zikaden über uns sangen. Wir begruben zehn von fünfzehn Goldfischen in einem Sommer; sprachen für jeden einzelnen ein Gebet, schlugen Kreuzzeichen, wie Papa es uns beigebracht hatte und gingen dann mit Mama zum buddhistischen Grab meines Opas. Die grauen Steine schraubten sich in den Himmel.

Obachan ist immer früh aufgewacht. Das Licht ihres Zimmers fiel in Streifen in unseres, in leisen Tönen knackte der Fernseher, als sie ihn einschaltete. Von diesem Geräusch und ihrer Stimme geweckt zu werden machte meine Sommer ganz.

Vollgeräumte Möbel, keinen Zentimeter Platz, außer für unser Lachen, für unser Glück, das sich auf alle Sachen legte, als wären sie federleicht.

Ihr Herz war so groß und ist es noch: meine Schwestern und ich finden alle Raum darin.

Ihre Hände, die meine hielten. Wir haben Lieder zusammen geklatscht, manchmal erwische ich mich heute noch, wie ich sie im Rhythmus unserer Hände singe. Ich summe sie mit der Stimme meines alten Ichs, der ihre Sprache nicht so fremd war wie jetzt. Jetzt taste ich mich vorsichtig durch die Melodien, die ich früher laut gesungen habe. Jetzt taste ich mich durch die Sprache und verlaufe mich in Satzbauten und Lautgassen, die mir auf einmal in ihrer Größe Angst machen. Daran merke ich, ich bin älter geworden. Früher waren Fehler egal, konnte sprechen, ohne zu fürchten, dass mir die Stimme bricht.

Jetzt liegen meine Finger an meinem Hals, ich halte inne und mich selbst auf. Erkenne meine eigene Sprache nicht mehr. Wie viel ist mir von mir übriggeblieben?

IV. Mich versprochen / verwachsen

Ich hatte Angst, dass meine Zunge abbricht, wenn ich dort bin. Dass ich schweige, aus Angst vor Fehlern; dass ich lieber nichts sage, als Falsches. Zurückkommen war holprig – Sätze, die ich in meiner Kindheit mit einer Leichtigkeit gerufen habe, fanden nur leise einen Weg aus mir. Meine Stimme ist mir im Hals zerbrochen, mein altes Ich hat den Kopf geschüttelt. Es hat meine Hand genommen, mich ermutigt, weiterzumachen. Du schaffst das. Du hast es doch schon mal geschafft. Ich habe genickt, stumm. Die Angst hat mir alle Töne genommen.

Irgendwann hat sich die Sprache wieder zu mir gesetzt, als kannte sie ihren Weg zurück. Die Angst hat sich von mir gelöst wie ein altes Pflaster. Dann kam die Leichtigkeit, öffnete meinen Mund. Wie ein Schmetterling setzte sie sich auf meine Zunge. Ich begann langsam, wieder Worte zu formen, Schritt für Schritt. Ich wollte nicht zu schnell sprechen, wollte ihn nicht zerbrechen. Aber ich habe weitergemacht und aufgehört zu schweigen.

Ich habe den Schmetterling mitgenommen. Raus aus der Millionenstadt fliegt er jetzt durch meine alten Räume, wenn ich will. Er begleitet mich heute wie in meiner Kindheit, taucht immer wieder auf wie ein stiller Begleiter. Nur diesmal lasse ich ihn nicht gehen. Diesmal bleibt er.

V. Und jetzt? / Weiterwachsen

Warum etwas wegschieben? Ich will an jedem Moment festhalten wie an einem zu alten Souvenir. Abgegriffen und verblasst glänzt alles noch immer unter der Oberfläche. Die Erinnerungen sind so frisch, als hätte ich sie erst gestern in mein Gedächtnis gepinselt. Strich für Strich, noch kenne ich jede Bewegung, mit der ich meine Welt bunt gemalt habe. Keine dieser will ich vergessen.

Rezept eines Schweigens

Michelle Schreiber

Die Küche ist klein, an dem Tisch stehen zwei Stühle. Die Tochter sitzt dem Vater gegenüber, während eine Schale mit gekochtem grünem Chili vor ihm steht.

Ein Freund hat sie ihm aus der Heimat mitgebracht.

Er weint, wegen der Schärfe, sagt er, und leert die ganze Schüssel.

Sie schweigt. Sie weiß, was er ihr erzählen wird.

Er sagt, dass er ohne Arbeit ist.

„Asiatisch-aussehender Koch gesucht (m/w)" lautete die Stellenbeschreibung seines ersten Jobs in diesem Land. Drei Sprachen lagen bereits unter seiner Zunge. Deutsch war die vierte. Der Vater zog sein bestes Hemd an und machte sich auf den Weg. Er wollte Arbeit.

Die Tochter erinnert sich an Fliesen im Schachbrettmuster und Wände mit dunkelgrünen Akzenten. An die riesige Küche mit glänzenden Arbeitsflächen. Kam sie ihn als Kind auf der Arbeit besuchen, kannten alle ihren Namen.

Die Frau an der Kasse beugte sich oft zu ihr herunter, um ihr Bonbons zuzustecken. Himbeere war ihr Favorit und schmeckte so, wie ihr Shampoo roch.

In der Kantine verteilte der Vater die Gerichte an die Angestellten, schnitt Gemüse und kochte das, was die Deutschen unter „asiatischem Essen" verstanden.

An Sonntagen lief die Tochter mit ihren kleinen Füßen über seinen Rücken. Sprang auf ihm herum, der die Last des

Pfannenschwenkens und des Stehens in sich trug. Später, als die Tochter zur Schule ging, schlief der Vater morgens noch. Wenn sie abends zu Bett ging, stand er in fremden Küchen, um fremde Gerichte zu kochen. Der Vater wusste nicht, was die Tochter in der Schule machte, er vergaß die Namen ihrer Lehrer. An Sonntagen sah sie ihn. Sechs Tage zu wenig, um die Vatersprache zu lernen.

In der vierten Zunge, der Tochtersprache, sind einige seiner Sätze verschoben, einzelne Silben verbogen; Laute brechen unter der Last seiner Herkunft zusammen.

Sie streiten nicht; sie schweigen.

Es ist der Schmerz, der den Rücken des Vaters hinaufkriecht, sich in seinen Wirbeln einnistet. Der sich von den einzelnen Gliedern seiner Finger bis in die Sehnen an seinen Handgelenken ausbreitet. Er sagt, er habe keine Arbeit mehr, und sie nickt.

Der Vater steht auf und beginnt, Blumenerde in Eierkartons zu schütten, um die Stille zwischen ihnen zu füllen.

Behutsam drückt er die Samen seiner Heimat in die fremde Erde. Im Sommer stellt er die Pflanzen auf den Balkon. Trotzdem sorgt er sich, dass der Chili unter der deutschen Sonne friert, so wie sich seine Haut nach der sengenden Hitze sehnt. Der Vater gibt der Tochter einen verblichenen Eiscremebehälter, den er mit gebratenem Reis gefüllt hat, bevor sie geht. Immer wieder sendet er ihr Fotos von Gerichten oder schickt ihr Nachrichten, in denen er Rezepte verlinkt.

Die Tochter steht in ihrer Küche, um Knoblauch zu pressen und Zwiebeln zu schneiden, wegen denen ihre Augen anfangen zu tränen. Sie breitet quadratisches Reispapier auf dem Teller aus, rollt Füllung aus gekochtem Gemüse ein. Sie hadert mit dem Reispapier, brät unförmige Frühlingsrollen in der Pfanne und riecht den Geruch des Öls für den Rest des Tages in ihren Haaren.

Die Frühlingsrollen schmecken nicht so gut wie beim Vater.

Sie schickt ihm trotzdem ein Bild.

Vor dem Winter, zwischen den Jahren

Ella Steinbacher

I

Diese Erde gehörte einmal mir. Als wir den Raum betreten, liegt sie im Schatten. Wir nähern uns ihr mit kleinen Schritten, Hand in Hand, ich gehe gebeugt.

„Lilith, machst du Licht?"

Ich folge Ruvens Wunsch, drücke den Schalter, den er nicht erreichen kann, und die leere Welt, die er errichtet und eingerissen hat, wird hell. Der runde Lampenschirm hängt tief über der Erdoberfläche.

Seine kurzen Finger klammern an ihrer Kante, während er eifrig verfolgt, wie ich Massen bunter Bauklötze aus der unteren Regalebene hebe. Da kommen die Steine, die Straßen bilden, die Plastikbäume, die Wälder formen werden, aus einer weiteren Kiste klettern die Tiere und Menschen. Sofort beginnen die kleinen Hände gedankenverloren in dem Urmeer zu wühlen und meine tun es ihnen gleich. Leben um Leben steigt an Land.

Diese Erde ist eine Scheibe: grasgrünes Plastik, kreisrund, 85 cm im Durchmesser und etwas mehr als die Hälfte davon in der Höhe. Eine von tausenden und lächerlich billig, wie ich vor einer Weile in dem schwedischen Möbelhaus gesehen habe. Ich habe sie Insel genannt, bevor ich denselben Namen der Wohnung gegeben habe, in der niemand von uns mehr lebt.

Ruven erklärt, dass wir sein Schiff weiterbauen sollten und zeigt dabei auf ein schräges Konstrukt aus Duplo-Steinen, in dem eine kleine Figur mit aufgedruckter Augenklappe leise klappernd hin- und herrutscht, als er es unsanft auf die Tischplatte stemmt. Die, wie ich jetzt erfahre, inzwischen nur noch ein Ozean ist. Ob wir, wenn da ausschließlich Wasser ist, nicht auch eine Insel gebrauchen könnten, frage ich mit Blick auf die Hennen, Kühe und Schweine, die in früheren Universen Teil meiner Bauernhöfe waren, doch er lehnt den Vorschlag ohne innezuhalten ab:

„Nein, der Hai kann doch schwimmen."

Ich nehme das Tier – hatte es größer in Erinnerung – und drehe es zwischen den Fingern. Die Farbe ist ein wenig ausgeblichen, die Schweißnähte vor allem an den Flossen, die sich leicht verbiegen lassen, schlecht versäumt. An denselben Merkmalen erkennt man alle anderen Tiere aus der roten Pappschachtel, die älter sind als ich. Der Büffel, das Löwenkind. Das kleine Känguru. Mein Liebling, der Albatros ohne Beine. Allesamt Erbstücke, quasi –

„Was meinst du, ist auf deinem Schiff noch Platz für mehr Passagiere?" Ruven reagiert nicht. Vielleicht hat er die Frage nicht gehört, oder nicht verstanden, oder ist einfach nur zu eingenommen vom Lego zu seiner Linken. Vielleicht ist Ruven gerade nur Ruven, Sohn seines Vaters.

Als der von draußen mit Rucksack und Mütze im Vorraum auftaucht, grüßt er mich, während er die nassen Schnürsenkel entknotet, ohne danach das Zimmer zu betreten. Späht kurz hinein, als wäre ich gestern zuletzt da gewesen, nur ein bisschen zu überrascht, doch widmet sich schnell wieder seinen Schuhen. Dass er sich freut, ist etwas, das ich mir selbst versichere, während ich auf eine Antwort warte, denn aussprechen wird er es nicht.

„Das Essen ist bestimmt schon fertig", sagt er schließlich. Als ich aufstehe und ihm durch den Gang folge, wird mir bewusst, dass ich mich selbst eingeladen habe.

So oft war ich nicht hier. Schon beim Betreten der Wohnung habe ich auf den Wänden nach Gesprächsthemen gesucht, aber allzu viele neue Bilder habe ich nicht entdeckt. Das meiste, woran er malt, muss im Atelier stehen. Hätte ich in letzter Zeit mehr gezeichnet oder an etwas, das vorzeigbar wäre, gearbeitet, hätte ich selbst etwas zur Begutachtung mitbringen können. Ich hatte den Block vor dem Losgehen sogar kurz in der Hand, doch dann habe ich mich geschämt und ihn liegen gelassen.

Schweigend werde ich an den anderen Tisch geführt, über dem, oberhalb der Wandlampen und fast zu hoch, um wirklich wahrgenommen zu werden, Nadine hängt. Öl auf Leinwand, mit blassem Blau in der Röte der Wangen, expressionistisch soll das sein. Einmal mit der Schere durch die Mitte stechen und ruckartig nach unten ziehen müsste man, habe ich mit fünfzehn gesagt, aber sein Handwerk ist gut und sie ist schön, muss ich jetzt still anerkennen. Unter anderen Umständen würde ich Frauen wie ihr hinterhersehen. Seit ich so ehrlich zu mir selbst bin, macht mich der Gedanke, dass es Männer auch tun, weniger wütend. Nicht weniger verzweifelt allerdings, zumindest, wenn ich ohnehin am Zweifeln bin.

Nadine auf dem Stuhl mir gegenüber schneidet Ruven weich gekochte Kartoffeln klein und sieht dabei viel älter aus. Dass ihre dunklen Augen nicht mehr von den ebenfalls dunklen Ringen darunter ablenken, ist weniger genugtuend, als ich erwartet hätte.

Jetzt dreht sie sich her, schaufelt gekochtes Gemüse neben den Fisch und reicht mir lächelnd den Teller, ich bin mir direkt selbst zuwider dafür, mich an ihrer *Verbrauchtheit* geweidet zu haben. Als wäre ich wieder fünfzehn oder ein Mann. Oder Mama, auch wenn ich ihr gar nichts vorhalte, aber ja, bin ich da nicht ein wenig wie sie, auch wenn ich freiwillig *hier* bin?

Nadine gibt sich immerhin Mühe, schon viel länger als ich.

Eine üppige Tafel hat sie angerichtet an diesem zweiten Weihnachtsfeiertag in einer winzigen Runde, die ausschließlich aus Ungläubigen besteht. Der erste Handgriff in der Küche, den ich denjenigen, den Ruven *Papa* nennt, heute verrichten sehe, besteht darin, drei Gläser großzügig mit Blauem Zweigelt zu befüllen.

„Du trinkst ja mittlerweile auch endlich wie ein normaler Mensch“, sagt er dabei mit einem Nicken zu mir, halb anerkennend, halb absichernd. Spielt darauf an, dass ich, solange wir zusammengewohnt haben, darauf beharrt habe, dass ich niemals Alkohol probieren würde. Ich verkneife mir einen spitzen Kommentar. Wäre ich wirklich so konfrontativ, wie ich mir mich gerne vorstelle, sollte ich wohl wahrheitsgemäß sagen, dass seine Unfähigkeit, ein aufrichtiges Gespräch zu führen, erbärmlich ist. Doch diese ziellose Provokation will ich uns ersparen, Nadine und mir, sie sieht so müde aus, wie ich mich fühle, so matt wie auf keinem Porträt.

27 ist sie, im selben Jahr geboren wie Henri. Absurd. Ich grinse, hebe mein Glas zu ihr und den Blick zur Uhr und in Richtung von –

Er schaut nach draußen. Statt zu mir oder zu Ruven, der an seinem Ärmel zupft; der wird sich gar nicht erinnern können an die kurze Zeit, bevor dieser Mann vor seiner Mutter wie vor meiner auf gnadenlose Weise zum Winter geworden ist. Ich muss es wissen: Papa wählt abends die Mitte der Welt und streicht sie bis zum Morgen weiß.

Ich habe Mama nicht gesagt, wen ich besuche. Auf dem Nachhauseweg lege ich mir vorsorglich ein paar erfundene Anekdoten zu den Leben meiner Schulfreundinnen zurecht. Die doch ebenfalls gar nicht wissen, wo ich bin, so wie die meisten Verwandten. Ganz leise bin ich hergekommen, damit ich schneller gehen kann.

„Aber Oma und Opa, die sollten wir einmal sehen“, hat Mama gesagt, „die fragen jedes Mal nach dir.“ Einmal heißt heute am letzten Abend, ein Tisch mit vier Stühlen in der raumgewordenen Depression: das sind schlechter Filterkaffee und Bibelverse im Holzrahmen auf einem Meer aus Braun und Beige. Die sich wiederholenden Geschichten von früher, die die immer selben Stellen auslassen. Ich wäre gerne gläubig, aber der Jesus an der Wand macht mich wütend und die Alten ebenso, mit jeder Rückkehr mehr. Wenn es nicht um früher geht, geht es um Tod und Krankheit und Menschen, die ich nicht kenne, frühere Nachbarn aus dem Ort, den Mama und ich auf schnellster Strecke umfahren.

Als ich klein war, habe ich nicht verstanden, warum Mama bei jedem Besuch so früh wieder heim wollte. Oma und Opa waren bessere Menschen, als ich mir unter Mamas Kindheit nicht mehr vorstellen konnte als die Schornsteine, die die Schallschutzwand der Autobahn als einzige Gebäude überragen. Heute verstehe ich nur nicht, warum wir überhaupt da sind, warum sie sich das selbst aufzwängt. Oder doch.

„Ich war so lange nicht mehr da, und wenn wir heute hinfahren, brauche ich an Silvester kein schlechtes Gewissen zu haben, wenn ich nicht vorbeischaue“, hat sie mir im Vorhinein erklärt. „Brauchst du doch eh nicht, das ist nicht deine Aufgabe“, habe ich gesagt.

Neben Jesus steht die Erlösung als schwere Uhr, unter der ich uns schließlich freispreche.

Dass ich morgen früh losmüsse, ist nur halb gelogen.

An Silvester werde ich weit weg sein.

In der noch stehenden Straßenbahn legt Mama ihren Kopf auf meine Schulter –

II

Die Minuten, bevor der Zug losfährt, sind die längsten, die ich kenne.

Bei meiner ersten Überfahrt habe ich gar nichts gespürt. Der Umzug, der Wandel, den ich so unbedingt wollte, die Bewegung, ich war mittendrin und *leer*, bereits beim Einstieg in den Wagen. Geistesabwesend. Wo ich war – der Bahnsteig war es nicht. Keine spätere Abreise vom selben Ort seitdem ist mir so leichtgefallen, obwohl ich immer längere Wurzeln in der Fremde geschlagen habe.

Im Gegenteil, denn ihrem Blick standzuhalten, ist ein Kraftakt:

Mama weint jedes Mal bitterlich. Völlig geräuschlos hinter dem Glas, selbst wenn sie sich zwingt zu lächeln.

Beim letzten Mal, das war am Ende des Sommers, exakt ein Jahr nach der ersten Fahrt und mit gebündelter

Energie erst nach dem Verlassen des Bahnhofs, habe ich das erste Mal selbst geweint. Es ging mir gar nicht darum, ob ich länger hier war oder dort, nur die Stunden dazwischen konnte ich kaum ertragen.

Ich habe dann versucht, etwas zu zeichnen, doch konnte nicht bei der Sache bleiben. Papa sagt über solche Momente immer, wenn ich sie anspreche, ich sei zu verkopft, verkrampft, so wird das nie etwas. Spricht von der notwendigen Entspanntheit als etwas, das ich nicht zu greifen in der Lage sei, doch mit so schneidender Stimme, als könnte sie durch ausreichenden Druck zustande kommen.

Wir treffen uns auf dem Dach, weil mein Zimmer hier viel kleiner ist als das, in dem ich die letzten vier Jahre vor meinem Auszug verbracht habe, doch genauso hatte es sein sollen. Weiß und leer und überschaubar. Genug Fläche, um sich auszubreiten, zu wenig, um sich zu verlieren.

„Ich bin froh, wieder da zu sein."

Maren weiß, was ich meine, sie steht über die Brüstung gebeugt und bläst den Rauch über die Dächer Wiens in einen dunklen Himmel, zieht mir sporadisch die Worte aus dem Mund, bevor ich sie ausspreche. Das tut sie immer wieder, da steht sie wie im letzten Herbst auf dem Linoleumboden im Gang unter uns, wo wir uns zum ersten Mal begegnet sind. Manchmal meine ich, in zwölf Jahren Schule irgendwas sehnlichst vermisst und nicht gewusst zu haben, dass ich es drei Zimmer weiter im siebten Stock eines Studierendenwohnheims finden würde.

„Ich liebe meine Eltern sehr, aber niemand kann mich wütender machen als sie", sagt sie und ascht auf dem silbernen Geländer ab. Ein roter Punkt segelt in die Schlucht zwischen unserem und dem Nachbarhaus. „Eine Woche Heimatbesuch ist echt genug."

Ich klopfe mir Asche vom Ärmel. „Und trotzdem wollen wir sie immer wieder sehen."

„*It's a family affair*", trällert Maren wunderbar unbefangen in die Nacht. „Ein Fluch der Natur."

„Hey, genauso hat meine Mutter das auch mal genannt." Eine Windböe treibt den Rauch zu uns zurück.

„Eltern sind die mächtigsten Menschen der Welt." Maren drückt die Tschick aus. „Ich bin so froh um meine Schwester. Wenigstens eine Verbündete, die den Wahnsinn von innen heraus in seiner vollen Tiefe erfassen kann."

Ich frage mich, ob Ruvens Schiff mittlerweile in See gestochen ist.

III

Henri wartet an der Kreuzung zur nächsten größeren Querstraße, wo sich an diesem Nachmittag nur wenige Menschen vor geschlossenen Geschäften über das feuchte Pflaster schleppen. Morgens hat es geregnet, inzwischen ist der Himmel zwar hell, aber leer. Ein strukturloser Brei, der sich in den Ästen der nackten Bäume verfangen hat.

Unsere Begrüßung fällt, wie so oft, ein wenig unkoordiniert aus. Die *Bises* hat er sich vor einer Weile ohne souveränen Ersatz abgewöhnt, jetzt küsst er mich auf den Mund, ehe er es schafft, seinen Arm richtig um mich zu legen. Erst danach lehne ich mich mit vollem Gewicht gegen seinen Oberkörper und so bleiben wir schweigend stehen, einen Moment eng umschlungen. Mit dem Kinn auf seiner Schulter betrachte ich zwei Krähen, die hinter ihm Brösel aus dem Dreck vor der Rolltreppe picken.

An dem Tag, an dem wir uns das erste Mal begegnet sind, sind wir in den Feierabendverkehr geraten. Die Straßenbahn war so voll, dass wir uns, ich mit dem Rücken zum Fenster, in die Ecke für Kinderwägen und Rollstühle stellen mussten. In der Enge war seine Hand, mit der er sich an der gelben Stange festhielt, nur wenige Zentimeter von meiner Wange entfernt. Wir kannten uns seit zwei Stunden, es war Herbst und so stickig, dass ich dachte, ich würde schmelzen.

Mittlerweile stelle ich mich häufig absichtlich in die Kinderwagenzone, wenn der Wagen leer ist und ich alleine unterwegs bin. Ich würde Henri gerne sagen, komm, gehen wir dorthin, steh doch nochmal als Fremder viel zu nah vor mir, aber es wäre mir unangenehm ihm zu zeigen, dass mir dieses frühe Detail so hängengeblieben ist. Also stehen wir heute, drei Monate später, nebeneinander statt gegenüber. Als wir unter die Erde tauchen und uns im Glas spiegeln, kann ich mich nicht beklagen, sondern den Anblick nur nicht ganz fassen.

Die Freunde, bei denen er wohnt, kennt er aus dem Lycée. Im Gegensatz zu Henri leben sie dauerhaft in der Stadt, aber sind nicht zu Hause, als wir ankommen. Mich erleichtert das ein wenig, weil sonst allein meine Anwesenheit die Sprache im Haushalt entscheidet und sie zu etwas zwingt, das ihrem natürlichen Impuls widerspricht. Schon sobald ich das Wohnzimmer für einen Augenblick verlasse, rutschen die Männer zurück ins Französische, das ich nie gelernt habe, weil ich vor Jahren in der Schule eine tote Sprache vorgezogen habe, doch sie sind entgegenkommend. Bei manchen Gelegenheiten haben sie mir auf Nachfrage einzelne Worte und

Phrasen beigebracht. In der Küche steht noch eine halbvolle Ofenform Lasagne.

Das Zeltdach, das die dunkle Decke über die Schultern gespannt bildet, bewegt sich nie. Nie wieder, so wie die halbkreisförmigen Falten im Laken, seit sie einmal in ihre Position gefallen sind. Als würden unsere Körper starre Wellen schlagen.

Unsere Begrüßung ist, wie anfangs oft und allmählich weniger, etwas ungelenk ausgefallen –

Draußen im kalten Wind habe ich mein Gesicht kaum gespürt, ein wenig so, wie wenn einem das Bein einschläft. Was mir so oft passiert, dass es mich manchmal besorgt. Weil man wegen so etwas nicht zum Arzt geht, strecke ich meine Knie und Füße dann mit physischem Zwang durch, bis das Blut dorthin zurückfließt.

Jetzt haben wir uns verflüssigt.

Henri sagt, dass ihm immer wieder die deutschen Worte fehlen, wenn wir sprechen, er klingt beschämt. Mir fallen sie auch nicht ein, denke ich, aber es passt doch, ich verstehe ihn problemlos. Mit fortschreitender Zeit sogar gut. Ich mag die Geschichten, die er erzählt, bevor er einschläft, meistens von Orten, an denen er nicht aufgewachsen ist.

Dieses Semester ist nur ein weiterer von vielen Ausflügen.

In Spanien hat er letzten Sommer Vögel beringt, die Blaumeisen sind so widerspenstig gewesen, aber die Rauchschwalben, „hast du sie einmal, hast du sie fest“, umso *willenloser*.

Stolpernde Formulierungen gleicht die Gestik aus, mit seinen blassen Händen malt er Karten in die dämmrige Luft über unseren Köpfen. Rumänien, auch da war er, in Bulgarien am Schwarzen Meer. Südostasiatische Tropen: *Les Bucerotidae*, bunte Vögel, deren deutschen Namen wir beide nicht auf Anhieb kennen, mauern während der Aufzucht der Jungen die Bruthöhlen zu mit Lehm und Exkrementen. Bei vielen Arten schließen die Weibchen sich selbst mit ein. Luft fließt durch denselben schmalen Spalt ins Bauminnere, durch den das Männchen die Familie ernährt.

„Welchen Sinn soll das denn haben?", frage ich ungläubig.

„Die können in der Zeit eh nicht fliegen, sie verlieren, beziehungsweise wechseln ihre Federn."

„Keine gute Rollenverteilung." Ich stelle mir vor, was wohl passiert, wenn das Männchen auf der Nahrungssuche selbst einem Jäger erliegt und ob Mutter und Küken dann wohl hilflos verhungern in ihrem kleinen Loch, aber stelle die Frage nicht laut. „Als ich klein war, habe ich zwar oft davon geträumt, fliegen zu können, aber jetzt bin ich froh, dass wir keine Vögel sind." Henri krault mir den Kopf.

„Ich bin auch froh, dass wir keine Gottesanbeterinnen sind."

„Weil du dann kleiner wärst als ich?"

„Weil du mich dann töten und fressen würdest."

Ich grinse. „Tja, die Natur ist ganz schön grausam."

„Wir könnten mal ins Naturhistorische Museum, wenn du magst, da will ich sowieso noch hin", lenkt Henri ein.

„Gern, aber wir könnten auch mal in die lebende Natur, an die frische Luft. Da waren wir länger nicht mehr." „Stimmt, aber im Museum sehen wir wahrscheinlich exotischere Tiere" – „Ausgestopfte!" – er lächelt. „Wir können ja beides machen. Wir haben Zeit." Ich widerspreche nicht.

Ich wache in einem Auto auf. Die nächsten Tiere, die ich sehe, sind unexotisch:

Hunde, ein paar eher zerrupfte, wie die, die in der Grünanlage hinter dem Wohnheim gegenseitig ihre Urinpfützen beschnuppern und wild all denen ihrer Verwandten nachbellen, die außerhalb des abgezäunten Bereichs vorbeigehen.

Von der Rückbank aus kann ich sehen, wie sie in Fahrtrichtung über die Felder ringsherum jagen, so schnell wie niedrig fliegende Raketen. Der Wind reißt ihnen die Lefzen zu grotesken Grimassen, aber wofür? Was immer ihre Aufmerksamkeit auf sich zieht, kann ich beim besten Willen nicht erkennen.

Das Auto ist das meiner Eltern aus der Zeit, in der wir zu dritt darin saßen. Ich habe es rückwirkend *Insel* getauft, nachdem es verkauft wurde. Jetzt sind wir alle hier. Wie alt kann ich sein?

Egal, wie sehr ich die Augen zusammenkneife, die Windschutzscheibe bleibt verschwommen. Es regnet, nur nicht links und rechts. Ich werde ins schattige Zimmer zurückgespült.

IV

Als der Wecker uns zwingt, die Augen kurz zu öffnen, herrscht vor dem noch nie geputzten Fenster ein reges Schneetreiben.

Noch fünf Minuten, sagt Henri träge, und während ich den Arm schützend um ihn lege, wirkt sein nächtlicher Vorschlag, ins Museum oder den Wald zu gehen, lächerlich überambitioniert, denn aus fünf Minuten werden zehn. Ich war theoretisch darauf vorbereitet, allein in einer leeren Wohnung aufzustehen; ein drittes Klingeln, zwanzig, dann die ehrliche Kapitulation. Aufstehen, egal unter welcher Bedingung, ist längst zum Ding der Unmöglichkeit geworden. „Weißt du was", sagt er und öffnet am Handy sein Mail-Postfach, „heute mache ich Home Office."

Nach dem letzten Wecker stürzen wir in die gemeinsame Paralyse. Henri kann ewig schlafen. Ich kann ewig dabei zusehen, wie seine Brust sich hebt und senkt und habe keine Ahnung, wie spät es ist. Wie die Dusche oder das Klo ist Henris Bett ein guter Platz für ausgesprochen unaufgeregte Gedankengänge. Hier kann ich ungezwungen in jede Richtung nachdenken, ohne heftige Panik oder jähe Frustration.

Nur an einem einzelnen Ende legt sich eine ganz leise Schwermut auf uns. Auf mich, heißt das. Henris dunkle Wimpern zucken so unkontrolliert wie seine Arme, die er in einem wachen Moment um mich geschlungen hat. Nie werde ich erfahren, was er gerade erlebt, denn sobald ich ihn fragen kann, wird er es höchstwahrscheinlich selbst nicht mehr wissen. Seinerseits wird er, wenn er nicht fragt, nicht erfahren, dass ich jetzt um das Semesterende kreise. Warum sollte ich auch, es ist nicht einmal Jänner. Von mir aus werde ich ihm dieses Gespräch nicht aufzwingen, solange ich nicht muss. Weil ich weiß, dass er es besser umschiffen kann als ich. Als er Stunden oder Minuten später – draußen ein unverändert weißer Himmel – endlich erwacht, gilt seine größte Sorge meinem leeren Magen. Bei meinem ersten Besuch habe ich zu seinem großen Unverständnis das Frühstück ausgeschlagen. Obwohl ich nicht nach etwas zu Essen verlange, rafft er sich auch jetzt mit gebündelter Kraft auf, um in die Küche zu gehen. Ich höre den Wasserkocher wie durch einen Nebel. Wenig später kommt Henri mit den ersten von mehreren Tellern und Tassen zurück.

V

Irgendwann muss die Sonne untergegangen sein, ohne dass wir sie gesehen haben. Ein fiebertraumartiger Zustand, den ich eigentlich nur aus Phasen tiefster Verzweiflung kenne, hat uns ergriffen, uns beide, und das ist es, die Anwesenheit einer anderen Person, die den ganzen Unterschied macht und die anderweitig zermürbende Ereignislosigkeit tiefenentspannend werden lässt. Die Hand, seine, die irgendwann auf meinem Bauch oder anderswo liegt. Zeitweise kann ich sie gar nicht spüren, verliere den Überblick darüber, welcher Arm wem gehört. Wo Henri beginnt und wo ich aufhöre. Zwischen seinen Haaren sehe ich eine Hand, meine, die nicht so aussieht, wie ich sie in Erinnerung hatte.

Mit den verschwimmenden Tagen wird der Raum immer kleiner. Die hohen Wände scheinen näher zu kommen, in Zeitlupe über uns einzuklappen, bis ich sie auch im Halbschlaf nicht mehr überwinden kann. Die letzte Grenze zwischen Traum und Realität bilden die Worte, die ich aus Henris Mund zu hören meine, obwohl er nie im Schlaf redet und müde verneint, als ich frage, ob er etwas gesagt hat. *Lilith.*

Zu einem anderen Zeitpunkt, als ich mich umdrehe, schaut er mich kurz schweigend an und wirkt dennoch nicht ganz wach. Im Dunkeln lässt das Weiße seiner Augen sie sehr groß und ihn sehr klein wirken. Schwer zu glauben, dass Henri fast so alt ist wie die Mutter meines Bruders. Eigentlich ist er ein Kind, zumindest hier, in einzelnen Sekunden sind wir beide wie Kinder, mit aufgerissenen Blicken und unsicheren Bewegungen. Zugleich unbeirrbar intuitiv und lautlos wie Tiere.

Aber Henri spricht, er schaut zur Decke, ich zu seinem Kehlkopf, er spricht schließlich doch und bei vollem Bewusstsein, an welchem Tag? Zu welcher Stunde? Über sein Zuhause. Und seine Sorgen und seine ersten Erfahrungen in dieser Stadt. Das höre ich viel lieber als die Frage, ob ich Hunger habe. Wenn ich könnte, würde ich jedes Bedürfnis nach Nahrung ganz aus uns herausschneiden. Wo er herkommt, liegt fern von hier, fern von mir, aber mit anderen Worten beschreibt er meine eigenen Erfahrungen. Kann nicht nah genug liegen, als er erzählt vom Jung- und Erwachsensein.

Eigentlich, denke ich irgendwo zwischen Schlaf und Erwachen, will ich nicht mal auf Luft zum Atmen angewiesen sein. Dann könnte ich mich viel länger in dem Vakuum zwischen seinem Hals und Kissen vergraben.

VI

Die meisten hier können Deutsch, *könnten* Deutsch, doch sind nicht darauf angewiesen. Von ihnen zu erwarten, dass sie es sprechen, wäre unverhältnismäßig und größenwahnsinnig. Schließlich stehe ich ganz allein in diesem Wohnzimmer als diejenige, die nichts versteht, abgeschirmt durch einen Schwall von Sätzen, deren Bedeutung ich nur anhand einzelner Worte und der einhergehenden Gestik abschätzen kann. Ich sitze auf dem Teppich mit einem Becher in der Hand, in den jemand, den ich heute zum ersten und letzten Mal sehe, Berliner Luft gegossen hat. „Sur l‘année écoulée!“

Alle sind sie aus verschiedenen Winkeln desselben Landes gekommen, um sich erst hier zu finden.

Nun, phasenweise verschiebt sich die Sprache mit meiner Position im Raum. Wie eine Wolke mit einem festen Radius erfasst sie die Leute in meiner nächsten Nähe, nette Menschen, die mir aus ihrer Muttersprache entgegen steigen. Henri spielt Beer Pong, kommt zwischen den Runden allerdings mehrfach her, um eine Hand auf meine Schulter zu legen und sich kurz an meinen mehr oder weniger stockenden Unterhaltungen oder denen der Umsitzenden zu beteiligen.

Eine Frau mit roten Augen kniet wie ich am Boden und hat aus irgendeinem Grund angefangen, mir mit langsamen Sätzen von ihrer Affäre zu erzählen. Ich weiß nicht recht, was ich sagen soll und beobachte den Labrador, den ein anderer Gast mitgebracht hat. Bin nicht sicher, ob sein Hecheln ein Ausdruck von Freude oder Stress ist.

„Findest du das jetzt, äh, findest du das scheiße? Du findest mich scheiße, oder?"

Henri hat geworfen und vielleicht auch getroffen, ich hab nicht hingeschaut, aber er geht zwischen mir und dem Tier in die Hocke und ruft etwas zu einem Mann auf der Couch.

„Naja, ich kann schon verstehen, oder, ich kann mir schon vorstellen, dass…", ich kann nicht ganz fassen, dass ich das sage, „dass das wirklich blind machen kann, wenn man etwas so sehr will, also dass du jeden Sinn dafür verlierst, wie es den anderen dabei geht. Es ist schon wichtig, denke ich, dass du zumindest versuchst, dich damit auseinanderzusetzen…" Der Hund rollt sich auf den Rücken und legt den Kopf nach hinten, während Henri ihn streichelt.

„…aber so richtig verurteilen kann ich dich nicht", natürlich nicht, es ist eine beschissene Situation von Angesicht zu Angesicht mit dieser Fremden, „ich find, er ist der Hauptschuldige, er hat die Freundin, und du erliegst nun mal deinen eigenen Trieben.“ Ein bisschen meine ich das, was ich sage, ernst, ein bisschen widert es mich an.

„Masse-lui les oreilles!“, ruft der Mann zurück. „Les chiens aiment qu’on leur gratte les oreilles.“ Die Frau neben ihm lacht: „Les humains aussi.“ Henri hebt seine freie Hand zu meinem Gesicht, streicht mir lächelnd die Haare hinters Ohr und krault mich, mit der anderen den schwarzen Hund. Ich bin nicht sicher, ob über mich gesprochen wurde, aber dankbar, in seinem warmen Blick eine Richtung zu finden, in die ich ersatzweise schauen kann, statt weiter zu reden. Leider steht er sehr bald wieder auf.

Zu lange war ich zu langsam, zu vorsichtig, das habe ich erst vor dem Verlassen des Hauses gemerkt und mit Tullamore Dew nachgeholfen. Das war vor vielleicht einer Dreiviertelstunde, seitdem nehme ich alles, was man mir anbietet. Französisch verstehe ich immer noch nicht, die anderen Leute trotzdem besser. Es sind aber auch deutlich mehr geworden.

Wir stehen gedrängt auf der Brücke über der Schnellstraße. Im Süden: Die schwarze Silhouette eines Weinbergs. Im Norden: Die nicht ganz schwarze Silhouette der Stadt. Maren ist auch hier, zu meiner Linken, und Henri auf der anderen Seite, hält mich fest. Eine Insel!

Sag es nicht, denke ich, sag es nicht, sag es nicht, sag es nicht.

Auf dem Weg hierher habe ich schon an meiner Gangart gemerkt, dass ich mich in das Gebiet bewege, wo ich Dinge sage, die ich am nächsten Tag bereue.

Maren kenne ich länger, da habe ich das schon öfter gedacht, wenn wir zusammen waren. Oft genug um zu wissen, dass es auszusprechen keine überschwängliche Impulshandlung wäre, aber der Moment hat sich nie ergeben. Vielleicht werde ich es später sagen, wenn wir mal zu zweit sind. Jetzt schaut sie zu irgendwem, dreht sich um und wieder zu mir, strahlend, und ruft, viel lauter als notwendig: „Nur noch eine Minute!“

Andererseits, vielleicht wäre es auch gerechtfertigt, wäre es nur das: Ein Impuls. Was denn sonst, mühevoll erdenken kann ich es nicht, doch will auch das Wort nicht verschwenden,

und überhaupt, nie ein falsches Wort,

wobei, *Worte*, wann habe ich die gebraucht in jüngster Zeit

– Henri küsst mich auf die Stirn,
ich verliere den Faden
im Strom winziger Botenstoffe,
die alles lenken, alle hier, alle Tiere,
und bin bis zuletzt zu unsicher, aber nicht unehrlich.

Schaue zu beiden, Maren und Henri, dann auf den beleuchteten Asphalt tief unter uns, auf dem kein Auto fährt.

„Ich bin sehr, sehr glücklich, dass wir uns getroffen haben.“

VII

Hinter uns bricht Gejubel wie ein Gewitter los, über unseren Köpfen sprühen bunte Funken. Plötzlich ist es so gut, dass es mir Angst macht.

Die Staubschicht auf den Fenstern klebt wie ein warmer Schleier vor der Welt, die wir nach Mittag durchfahren. Die zerfasernden Ränder der Stadt, in denen die Häuser immer niedriger werden und weiter auseinanderrücken.

Wir rollen schleppend die sachte, aber stetige Steigung bergauf: Aus weiter Entfernung habe ich nichts hiervon kommen sehen.

Als wir aussteigen, strecke ich mein Gesicht nach oben zum bunten Himmel in der Hoffnung, die Farbe aufsaugen zu können, die sich in ihrer Leuchtkraft so scharf von Henris dunklen Haaren abhebt. Er geht wenige Meter vor mir querfeldein über den Trockenrasen. Am Horizont stauen sich Berge als blaue Schatten.

Wie gerne ich sagen würde, bleib doch stehen, damit ich das festhalten kann. Ein paar Mal schon habe ich versucht ihn zu zeichnen, wenn er nicht da war, aber ihm die Skizzen zu zeigen, wirkt so unmöglich, wie ihm das jetzt zu sagen: Dieser Mann hat so viel gesehen, darf gerne so viel sehen, nur bitte nicht die Art, auf die ich ihn jetzt beobachte. Egal, ob es ihm unangenehm wäre oder nicht, es gäbe ihm eine Macht, vor der ich mich fürchte. Wobei er die vielleicht schon längst hat, aber ob er das weiß?

Jetzt bleibt er jäh stehen, ohne dass ich etwas sage. Scharrt mit dem Fuß im schlammbraunen Boden, um auf eine tote Krähe aufmerksam zu machen, die da erstarrt mit ausgestreckten Krallen auf der kalten Erde liegt. Ich stelle mich neben ihn. „Was meinst du, wie lange es dauern würde, bis sie sich ganz aufgelöst hat, würde man sie vergraben?“

„Weiß nicht. Fünf, sechs Wochen?“ Er sucht den Körper noch immer ab, aber keine sichtbare Todesursache ist erkennbar. „Wie kommst du darauf?“

„Als ich elf oder zwölf war, habe ich im Garten meiner Großeltern eine tote Kohlmeise gefunden und beerdigt, im Sommer. Beim nächsten Besuch, fast ein Jahr später, ist sie mir wieder eingefallen und auf einmal wollte ich wissen, wie viel von ihr noch übrig war, also habe ich wieder angefangen zu graben, und dachte sogar kurz, auf Knochen gestoßen zu sein. Aber dann habe ich gemerkt, dass das Weiße die Wurzel von irgendeiner kleinen Pflanze war."

„Ich glaub auch nicht, dass ein so kleines Tier so lange dableibt", Henri richtet sich auf, „aber vielleicht hast du ja doch nur knapp daneben gegraben." Wir gehen Hand in Hand weiter, auf gerader Linie in Richtung einer Baumfront.

„Ich weiß noch, dass ich es gar nicht fassen konnte, als meine Eltern mir das erste Mal erklärt haben, dass man stirbt. Sie sind nicht gläubig, also war es nur die Nachricht vom Tod, ohne Erleichterung danach. Da war ich drei, in etwa." Ruvens Alter. Vielleicht möchte Henri gar nicht darüber reden, aber er wehrt sich nicht. „Daran kannst du dich erinnern?" „Nicht an das Gespräch, aber das Gefühl in der Zeit danach. Wie in einem Zimmer mit einer sehr niedrigen Decke, oder einem sehr langen Tunnel. *Wie, es geht nicht alles ewig?* Ich habe mich gefragt, wie ich irgendetwas annehmen sollte, also gegenständlich damals, meine ich, wenn ich es irgendwann nicht mehr halten könnte. Und wie es sein kann, dass nicht alle ständig darüber nachdenken."

Henri steigt über einen großen Ast. „Na, eben deshalb. Es ist ja nicht so, dass sich mit genug Suchen ein Weg drum herum finden lässt", zwischen den Stämmen tauchen Teile der Stadt auf, „und wir im Speziellen, wir sind so jung, so weit davon entfernt." So jung ist er nicht, denke ich, er ist länger auf der Erde als ein Vierteljahrhundert. Er könnte

Vater sein, ein Kind haben, stattdessen hat er mich, mit den Fingern ineinander verhakt stolpern wir über den weichen Nadelteppich. Dieselben Hände haben sich in den feuchten Boden geschlagen. Das ganze Jahr habe ich kein einziges Mal an die Kohlmeise gedacht, aber im zweiten Sommer bin ich den ganzen Nachmittag unter dem Baum gesessen, obwohl da gar nichts mehr war.

Wenn der März wirklich kommt und das wird er, weiß ich nicht, mit welcher Geschwindigkeit ich die Blätter ordnen und in den Schrank legen werde, aber es wird passieren. Aufwachen in einem leeren Zimmer, das habe ich schon mal gesehen, zusammenpacken. Sobald es einmal läuft, trägt es sich von selbst aus dem Leben. Henri wird nicht länger aufs Papier fließen, ohne dass ich mich dazu zwingen muss, im Gegenteil; kälter wird es immer wieder und sowieso, irgendwann, das würde es vermutlich sogar, wenn wir in Frankreich oder Frankreich hier wäre.

Heiß-kalt-heiß-kalt-erschlaffen, im kleinsten wie im großen Bogen, bis nur noch das Gegenständliche aus den eigenen Händen ans Strampeln, Zittern und Sich-Verzehren erinnert. Dieses Greifbare will ich schaffen, solange ich kann, dalassen, doch sonst:

Wie gut, dass nicht alles ewig geht.

Ich darf das so glauben, es ist warm wie im Frühling, ich kann mich wegdrehen, bin so jung.

„Lass uns über was anderes reden“, fordert Henri endlich. „Gibt es etwas, das du dir wünschst? Für das neue Jahr?“

Wie fantastisch, Tauwetter, wir laufen *auf* der kalten Erde ohne Schnee. Wir sind uns begegnet, ein Stück Wald und blauer Himmel, Luft. Ich wünsche mir, dass Mama sich nimmt, was sie nehmen kann und dass Papa sprechen lernt. Dass Ruvens Schiff nicht untergeht.

Henri wartet. Ich wünsche mir –

„Einen Moment noch, gibst du mir einen Moment zum Nachdenken?“

Über uns hämmert irgendwo ein Specht in die Rinde, ich halte inne, ehe ich weiterspreche – „Sag du es doch zuerst.“

ich bin nicht besonders bodenständig – ich bin eher aus plastik

Anne Luise Rupp

beinahe habe ich wurzeln geschlagen in den potsdamer platz arkaden, europapassagen, mariahilferstraßen
- habe plastiktüten herumgetragen wie handtaschen aus schlangenleder
- habe meinen starbucks frappuccino geschlürft und mir die hüften abgeschürft bis die xs high waist zara leggings passt
- habe highlighter und eyeliner bei dm geklaut
- habe gelangweilt auf strohhalmen aus plastik gekaut
- die bäume aus plastik habe ich beneidet
ich wollte nicht dahin, wo die sonne scheint und zitronenfalter auf grashalmen landen
ich wollte nicht dahin, wo es windig ist und würmer und wurzeln in der erde graben
ich wollte zu den glasbalustraden, wollte dorthin, wo die türen elektrisch sind, wollte dorthin, wo es bäume ohne wurzeln gibt
das einkaufszentrum gibt mir, was ich brauche, also kaufe ich:
- einen grünweißkarierten minirock, der später in der wäsche einlaufen wird
- weiße kniestrümpfe
- einen blauen hut
- ein pinkes crop top
- pinken lipgloss
- einen schwarzen blazer mit breiten schultern
seit ich im einkaufszentrum bin, habe ich heimweh
seit ich im einkaufszentrum bin, habe ich hunger; die pommes bei mcdonalds schmecken überall wie immer, also dippe ich

pommes bei mcdonalds in ketchup und möchte mehr ketchup,
möchte mehr coke zero und möchte und möchte und möchte
dass einer dieser bewölkten sprühregentage ist und mir und
meiner mutter langweilig ist
- wir würden durch den regen fahren und für ein paar euro
im parkhaus parken
- wir würden unsere jacken im auto liegen lassen
- wir würden handtaschen über schultern hängen
- im einkaufszentrum würde der boden glänzen
so sehr glänzen, dass ich kurz glaube: ich rutsche gleich aus
aber ich rutsche nicht aus: ich fange mich und dann fange
ich an mich zu berauschen
ich berausche mich
- am neonröhrenlicht und all den bunten farben
- an den parfumschwaden, die aus der douglas drogerie in
den gang ziehen
- an den handyhüllen
- an haarglätteisen
- an nachthemden aus polyesterseide
- an unterwäsche aus baumwollspitze
- an falschen diamanten, die im schmuckladen glitzern
und neben den rolltreppen an den falschen bäumen hängen
blätter aus echtem plastik
zitronenfalter gibt es hier nicht, aber neonröhrenlicht und im
food court gibt es slushies in grün, blau und pink und neben
meiner mutter schwebe ich, schwebe über dem glänzenden
boden, schwebe auf der rolltreppe ein stockwerk nach oben,
denn oben hier oben ist das eiscafé toskana und hier ist die
sahne im spaghettieis gefroren
ich friere nicht im einkaufszentrum
- im einkaufszentrum ist mir warm

ich friere nicht im einkaufszentrum
bäume aus plastik sind wie ich: man gießt sie nicht mit wasser
man gießt sie mit coke zero und dem starbucks chocolate
chip frappuccino
bäume aus plastik sind wie ich: sie brauchen keine sonne
sie brauchen wolken aus parfum: ihre blätter bleiben im
winter grün
ich bleibe bei den plastikblättern, bleibe weg vom echten
wetter
ich bleibe, wo es nach douglas riecht
wo es klimaanlagen gibt und glasbalustraden
wo man markennamen kennt und preise nennt
ich bleibe, wo der boden glänzt

Auf dem Asphalt

Finn Mattis Tubbe

Ich habe das Ende kommen sehen, als ich, durchs Fenster geschmissen, auf den Bürgersteig fiel; trotzdem hatten mich diese letzten Stunden, die mit meinem Rauswurf aus dem Fenster endeten, überrascht. Ich hatte eine Szene erwartet, laute Stimmen, Vorwürfe, Wut; stattdessen hatten sie in die Luft gestarrt, als warteten sie auf eine dort erscheinende Sprecherliste, während Jonas aus der Tür in die kühle Nachtmorgenluft trat; seine Taschen durchsuchte, ob er auch alles dabeihatte; wie schlimm es wäre, jetzt noch einmal zurückzumüssen. Zurück in diese Wohnung, die vor dem heutigen Abend eine Nichtraucherwohnung gewesen war. Die Trennung hatte Alex seine Regel, nicht in der Wohnung zu rauchen, brechen lassen, dachte ich, auf dem Asphalt liegend; dass das Nichtrauchertum ein Privileg der Glücklichen sei, würde b223 jetzt sagen, was natürlich Quatsch ist; ich brauchte etwas Zeit, um hinter b223 klug klingende Weisheiten zu blicken; bestimmt hätte er mir auch etwas über meine jetzige Situation sagen können, ohne die Faktenlage zu kennen. Eine einfache, gekonnt dahingeworfene Erklärung für den Grund, warum Alex mich aus dem Fenster geschmissen hatte.

Um 20:21 Uhr lagen die beiden nebeneinander im Bett; sie waren am Nachmittag im Kino gewesen. Jonas wollte noch irgendwohin, es muss keine Bar sein, sagte er, ein Spaziergang tut es auch; einfach raus. Raus hier, aus dieser Wohnung. Was es denn an dieser Wohnung auszusetzen gebe, entgegnete Alex. Wir sind hier zu oft, sagte Jonas; ruderte schnell zurück, als Alex sich beleidigt wegdrehte. Die

Versuche, sich zu erklären; dass es keine Kritik an Alex sei, weder an seinem Lebensstil noch an seiner angeborenen Apathie, oder an der Unordnung des Kleiderschranks, den Tellern in der Spüle, dieser Angewohnheit, Verwahrlosung zu glorifizieren; die Worte ließen sich nicht einfangen. Er sei ja selbst kein Kind von Traurigkeit, wenn es um Verwahrlosung gehe, aber wenigstens fühle er sich nicht geil dafür. Während Jonas redete, drehte sich Alex eine Zigarette; aschte auf die Decke, die zu klein war, um beide Körper ganz zu bedecken; eine Provokation, würde b223 sagen. Irgendwann hatte Jonas alles gesagt, was ihn an Alex und dieser Beziehung störte, machte das Fenster auf, damit der Rauch abzog, und wartete auf eine Gegenrede, die nicht kam. Nichts kam. Nur einmal, ein verächtlich geflüstertes „angeborene Apathie", als sei diese Bemerkung seitens Jonas Grund genug, allen Respekt vor ihm zu verlieren und nie mehr mit ihm zu sprechen. Stunden vergingen. Irgendwann ging Jonas aufs Klo, wo er mich aus seinem Hemd riss; mich, warum, weiß ich nicht, in die Antidepressivaschachtel fallen ließ, deren Verpackung er davor aufgerissen und nicht in den Müll geschmissen hatte; b223 hätte mir sagen können, was das alles zu bedeuten hatte, aber mein alter Leidensgenosse, wie er sich nennen würde, war nicht da; versauerte wahrscheinlich immer noch im Bottich mit all den anderen blauen Knöpfen, die ich vor drei Monaten hatte zurücklassen müssen, um an Jonas weißes Leinenflanellhemd angenäht zu werden, jenes Hemd, das nun, während Jonas vor der Tür seine Hosentaschen durchsuchte, unter seiner schwarzen Lederjacke hervorlugte.

Jedenfalls überlegte er es sich anders, holte mich wieder aus der Antidepressivaschachtel, um mich in das Loch im Laken zu friemeln; jenes Loch war im Herbst noch nicht so groß gewesen; ich lag dort eine Weile; hörte, wie Jonas immer wieder sagte, dass ihm kalt sei. Aus Jonas' Bitte, das Fenster zu schließen, wurde irgendwann das Protokollieren eines Umstands, den es festzuhalten galt, dachte ich, auf dem Asphalt liegend. Damit Jonas, wann immer er Sehnsucht nach Alex empfindet, sie mit diesem protokollierten Zustand, verscheuchen können würde, hätte b223 vermutlich gesagt, wäre er dabei gewesen.

Irgendwann reichte es aber; ob er nicht endlich das verfickte Fenster schließen könne, blaffte Jonas. Er ertrage diese Scheißkälte nicht. Hast du das Sprechen verlernt? Hallo? Weißt du, wie viel Energie deine Heizung verbraucht, weil du das Fenster offenlässt? Alex reagierte nicht; er bewegte sich erst, als Jonas den Raum verlassen hatte. Sprang auf, riss das Loch im Laken auf und warf mich aus dem Fenster; auf den Bürgersteig, wo ich versuchte, aus den Handlungen der beiden schlau zu werden.

b223 würde vielleicht sagen: Jonas' Geste war die eines Hundes, der sein Revier markieren will. Und Alex' Geste, mich aus dem Fenster zu schmeißen, war die Geste eines Baumes, der sich nicht markieren lassen will.

Ich hatte erwartet, dass es nach einem lauten Streit den Versuch einer Versöhnung geben würde, Zärtlichkeiten, tränenverschmierte Gesichter, zwei Körper, die nebeneinander an der Wand gelehnt sitzen, eigentlich, warum so schwer, erinnerst du dich noch, wie wir uns – darauf hatte ich gehofft, b223 hat mir gesagt, dass es so kommen würde; er hatte es selbst mal so erlebt. Ihr Kennenlernen hat mich am meisten interessiert. Ich wünsche Jonas nichts als Glück, aber ein Teil von mir wollte die Trennung, um zu erfahren, wie sie sich kennengelernt haben, denn ich weiß nicht, wie sie sich kennengelernt haben. Ich müsste es wissen, um zu verstehen, was gleich mit mir passiert, dachte ich, während ein großer Regentropfen auf mich fiel und liegenblieb; wegen der kreisrunden Erhöhung an meinem Rand blieb er auf mir liegen, statt in den vier Löchern zu versickern, durch die ich bis vor kurzem noch ans Hemd genäht war, Jonas' Hemd, das unter seiner Lederjacke hervorschaute, die er nicht zugezogen hatte, weil er sie nie zuzieht; der Regentropfen blieb also auf mir liegen; wie das wohl aussehen muss, dachte ich mir, als Jonas, immer noch vor der Tür stehend, bei der Durchsuchung seiner Taschen ein Zettel herausfiel. Wie eine karge Version der Schneekugel auf Jonas' Schreibtisch sehe ich aus, dachte ich, froh, denn ich mochte die kaputte Schneekugel auf Jonas' Schreibtisch. Sie war alt und wenn man sie schüttelte, schneite sie nicht mehr; ihrer eigentlichen Funktion beraubt, schöpfte sie ihr ganzes Selbstwertgefühl aus der ihr entgegengebrachten Sentimentalität. Sie war ein Geschenk von Jonas' Oma gewesen, stand auf Jonas' Schreibtisch, seit er zehn gewesen war; dank ihr erfuhr ich viel darüber, wie Jonas' Kinderzimmer ausgesehen hatte; wie er aufgewachsen war; über die Fußballerposter an den Wänden, den Staub unterm Bett, der mit den Jahren immer schlimmer wurde; Jonas besäße die Fähigkeit, sein Zimmer aufgeräumt aussehen zu lassen, ohne dass es wirklich sauber sei, berichtete die Schneekugel; man merke das nur am Jucken im Nasenflügel, am Niesen der Menschen, das nach ein paar Minuten im Zimmer einsetzt, während der Boden und die Regale eine Ordnung vorgeben, die so nicht existiert; glücklicherweise bekam er selten Besuch, sodass es nicht auffiel, berichtete die Schneekugel; es sei besser geworden mit dem Staub, entgegnete ich der Schneekugel, immerhin staubsaugt er einmal in der Woche, woraufhin die

Schneekugel; ja, aber wenn man ganz still ist, hört man im Regal im Hausflur das Staubtuch wimmern, weil es nie benutzt wird und daher in einer ununterbrochenen Existenzkrise lebt. Ich habe die Schneekugel einmal gefragt, ob sie sich nie in die Zeit zurücksehne, wo sie noch funktioniert hatte; wo sie noch geschüttelt worden war und es geschneit hatte vor dem Bild des Weihnachtsmannes mit seinem Schlitten und den vier Rehen mit roten Nasen; nie, antwortete die Schneekugel, denn in den letzten Jahren war er immer, wenn er mich geschüttelt hat, traurig gewesen; er hat mich geschüttelt, um sich zurückzuerinnern an seine Kindheit, als noch alles einfacher war; als man sich über gewisse Dinge noch keine Gedanken machen musste. Welche Dinge das sind, will die Schneekugel nicht sagen, angeblich, um Jonas' Privatsphäre zu wahren, ich aber glaube, sie hat Angst, dass ich das Interesse an ihr und ihren Geschichten verliere. Weshalb sie sich in Geheimnisse hüllt, die mich an sie heften; die mich wieder und wieder Vermutungen anstellen lassen, von denen ich inzwischen so viele angestellt habe, dass eine davon stimmen muss; sicher stimmt eine, aber die Schneekugel schweigt, wenn ich sie mit meinen Spekulationen bombardiere; antwortet mit boshafter, teuflisch gemeiner Stille.

So sehe ich aus, dachte ich, auf dem Asphalt des Bürgersteigs liegend; wie eine karge, schneelose Schneekugel.

Ich hatte eine Szene erwartet, aber es gab keinen lauten Streit, auch keine zärtlichen Versöhnungsversuche, die mir ihr Kennenlernen hätten erklären können; denn ich weiß nicht, wie sie sich kennengelernt haben, aber ich müsste es wissen, um meine Bedeutung zu verstehen, dachte ich, auf dem Asphalt liegend, einen Regentropfen auf mir tragend; jetzt, wo ich meiner eigentlichen Funktion, dem Zuknöpfen, beraubt war, verstand ich den Drang der Schneekugel, ständig in Erinnerungen zu schwelgen; die Frage, was ich für Jonas bin, hatte sich mir davor nie gestellt. Ich war ein Knopf, befreit von derlei Sinnfragen und Ambivalenzen, dachte ich, während Jonas sich bückte, um den aus seiner Tasche gefallenen Zettel aufzuheben; b223 hätte eine Antwort auf die Frage nach meiner Bedeutung, selbst wenn es eine oberflächliche wäre. Ich müsste b223 bei mir haben, um eine Antwort zu bekommen, dachte ich, auf dem Asphalt liegend.

b223 und ich lagen fünf Jahre nebeneinander im Bottich mit den blauen Knöpfen in einem Antiquariat für Knöpfe. b223 war um einiges älter als ich; hatte so allerhand Besitzer gehabt; ist Symbol gewesen, so wie ich es nun zum ersten Mal geworden war. Alle Bedeutungen, die er gehabt hat, kenne ich auswendig; so oft wiederholte er sie, es waren Mantras. Vieles von dem, was ich über Zwischenmenschlichkeit weiß, habe ich von b223 gelernt, auch wenn ich später herausfand, dass viel Quatsch dabei gewesen ist; viel sinnentleerte Sprache; es ging b223 manchmal auch nur um den Sprechakt an sich; b223 war mein Mentor gewesen, bis vor drei Monaten Alex und Jonas das Knopfgeschäft betraten; bis dahin hatte ich fünf Jahre lang in einem Bottich mit 276 anderen blauen Knöpfen gelegen. Ich hieß b253 und hatte schon jeden Sinn für Individualität verloren, und die Meinung angenommen, mein Blau unterscheide sich in nichts vom Blau der anderen Knöpfe, als Alex mich aus dem Bottich nahm und sagte: Ich mag dieses Blau besonders, auch wenn ich nicht sagen kann, inwiefern es sich vom Blau der anderen Knöpfe unterscheidet. Jonas nickte, als messe er dem nur kurzfristig Bedeutung bei, steckte mich aber beim Hinausgehen ein und nähte mich am selben Tag an sein Hemd, das er am nächsten Tag trug, als Alex mit einer Flasche Wein und Gleitgel vorbeikam. Alex sagte nichts über mich, als Jonas die Tür öffnete; aber sie übersprangen die Flasche Wein.

Den Zettel wieder eingesteckt, ging Jonas nun auf mich zu; ich beendete meine kontemplativen Betrachtungen; es bringe nichts, würde b223 sagen; stattdessen hoffte ich, in Jonas' Gesicht etwas lesen zu können; irgendeine Regung, die mir weiterhalf. Als Jonas sich näherte, überkam mich die Angst, er könnte mich einfach liegen lassen; dass ich mir meine Bedeutung nur eingebildet hätte. Zu meiner Erleichterung ging Jonas vor mir in die Knie, hob mich auf, und ließ mich in seine Hosentasche fallen, wo ein vollgerotztes Taschentuch auf mich wartete, dem ich Jonas' Gesichtsausdruck aufs Genaueste beschrieb, in der Hoffnung, es könne mir weiterhelfen; könne mir etwas sagen, dass mir bisher entgangen war.

Das Gesicht im Dunkeln

Amina Kurbanova

Die ersten Russen, die in ihr Dorf kamen, brachten Geschenke. Spielzeug in leuchtenden Farben lag überall, auf den staubigen Straßen und den matschigen Feldern. Die Überraschungen fielen manchmal aus der Luft, hinterließen nichts als einen unmenschlichen Knall und die Erinnerung daran, was sie getroffen hatten.

Nichts gewann das Interesse der Nachbarskinder so sehr, wie die Panzer mit ihren vierzehn Beinen und dem einen Arm, der ihre Häuser immer genau zu beobachten schien. Aber Maret durfte nicht mehr mit den anderen draußen spielen. Sie durfte überhaupt nichts mehr, aber am wenigsten durfte sie die Geschenke der Soldaten berühren. Vor zwei Tagen hatte eines der Spielzeuge durch die ganze Nachbarschaft geschallt. Das war Hassan gewesen. Er hatte nicht auf seine Mutter gehört und konnte jetzt nie wieder gehen.

Auch die Schule war mittlerweile verboten. Aber vielleicht lag es auch an den Lehrern, die sie nicht mehr unterrichten wollten. Dabei hatte sie immer brav ihre Hausaufgaben gemacht. Letzten Monat hatte sie sogar den Schreibwettbewerb gewonnen. Ihr kam es vor, als dürfte sie nur mehr warten. Worauf, wusste sie nicht. Aber das Ausharren dauerte länger, je hungriger die Panzer wurden und je lauter die Schreie der Hinterbliebenen. Manchmal folgte das Eine auf das Andere.

Je länger das Warten dauerte, desto mehr hasste sie die Dunkelheit des Kellers, in dem außer für ihre Familie gerade noch Platz für Matratzen, Decken und ihre Wintervorräte blieb. Manchmal wollte sie so sehr wieder mit ihren Freundinnen fangen spielen und Wassermelonen zu Mittag essen, dass sie, wenn sie ihre kaum auszumachende Spiegelung in den Marmeladengläsern des Kellers erblickte, am liebsten all die Konserven vom Regal gefegt hätte. Niemand lenkte sie ab. Nicht ihre Eltern, Großeltern oder älteren Geschwister. Nicht von den Geräuschen, die ihr Dorf genauso heimsuchten wie die Geschenke.

Ihr Onkel wartete nicht. Er bat sie, ihm dabei zu helfen, seine besten Schuhe anzuziehen, weil er zu alt war, um sich zu bücken. Danach tätschelte er ihr den Kopf und ging hinaus, ohne wieder zurückzukommen. Als Maret ihre Mutter fragte, warum er nicht bei ihnen sei, bekam sie zur Antwort, dass er einen Spaziergang mache. Aber Maret verstand nicht, warum er ins Freie durfte und sie nicht.

Eine Woche nach seinem Bruder ging ihr Vater spazieren. Er liebkoste weder sie noch ihre Geschwister, zog nur seine alten Stiefel an, entschuldigte sich kaum hörbar bei seinem Vater und verließ die Dunkelheit. Wieder empfand Maret blanke Eifersucht, als sie den Spalt Licht sah, der beim Öffnen der Kellertür auf die Marmeladengläser fiel, und obwohl sie durch die Abwesenheit des Vaters im Keller mehr Platz hatten, drohte die Enge sie zu ersticken.

Als die ungewohnte Stille die wartende Familie erreichte, ging ihr Großvater los, um seine Söhne zu finden. Er kam allein zurück und die Stille breitete sich auch allmählich in den Herzen seiner Kinder und Enkelkinder aus. Gerade rechtzeitig. Kaum war er zurückgekehrt, setzte der Lärm, der ihr Haus umzingelt hatte, wieder ein, so, als hätte er nur darauf gewartet, den Großvater wieder im Keller zu sehen.

Irgendwann hielten es ihre zwei älteren Brüder nicht mehr aus. Sie wollten auch spazieren gehen. Sie wussten, ohne Schuhe an den Füßen würden sie nicht weit kommen, aber sie dachten, dass die Stille in ihren Herzen ausreichte, um zu gehen. Wenn das so war, wollte auch Maret hinaus, einfach nur in die Sonne, ob mit oder ohne Lärm. Nicht fangen spielen, zu Mittag essen oder einen Aufsatz schreiben. Einfach nur ihrem Gesicht auf den Gläsern entkommen. Auch ihr Herz war still geworden. Sie erinnerte sich nicht mehr daran, was ihre Lieblingsfarbe war oder wie Wassermelone schmeckte. Sie konnte auch spazieren gehen, würde man sie nur lassen. Aber ihre Mutter ließ weder sie noch ihre Brüder gehen. Sie saßen weiter inmitten ihrer Angst, dass es außerhalb der Matratzen, Decken und Konserven nichts mehr gab, worauf es sich zu warten lohnte.

Nach einer Ewigkeit, die sich daran bemessen ließ, dass die Wintervorräte bereits hinter ihnen lagen, ähnelte die Stille außerhalb des Kellers der Stille ihrer Bewohner. Irgendwann durfte Maret wieder mit den Nachbarskindern umherstreunen, solange sie die Soldaten und ihre Geschenke mied. Aber ihr Herz blieb für den Rest ihres Lebens leise. Sie wusste, dass sie nie so laut sein konnte wie der Krieg.

Es war einmal Wolf.

Anna Bauer

Es war einmal.
Oder: Es waren einmal.
So könnte man diese Geschichte beginnen.
Es waren einmal ein Bruder, eine Mutter und eine Schwester.
Es waren einmal Joshua, Mama und ich.
Und der Hund. Der Hund war auch noch da.

Wir lebten in einem kleinen Haus am Waldrand.
Der Hund war in einer Nacht zu uns gekommen, in der das Wasser aus dem Himmel fiel und die Wolken schwarze Berge bildeten und ein Blitz auf der Waldlichtung in die große Eiche einschlug. In solch einer Nacht kam der Hund zu uns. Es war wie in einem Märchen.

Es war einmal ein Hund, der noch ein Welpe war.
Er verirrte sich in einer Gewitternacht vor unsere Haustür. Er heulte immer, wenn der Donner grollte.
Wir hörten ihn erst, als das Gewitter weitergezogen war.

Es war einmal eine Familie, die einen Welpen vor ihrer Haustür fand.
Er hat grauschwarzes Fell und spitze Zähne und wilde Augen.
„Das ist ein Wolf“, sagte Mama.
„Das ist kein Wolf“, sagte Joshua.
„Bei uns gibt es keine Wölfe“, sagte ich.

Es war einmal ein Hund, der einen Namen bekam.

Joshua wickelte den Welpen in ein Handtuch.
Er hob ihn hoch. Ganz vorsichtig.
Der Welpe knurrte. Der Welpe zappelte.
„Er ist vielleicht kein Wolf", sagte Joshua, „aber er heißt jetzt so."
Er streckte den Finger aus, um Wolf zu kraulen.
Der Hund knurrte. Joshua lächelte.

Es war einmal ein Mädchen, das Angst vor einem Welpen hatte.
„Seine Augen sehen so böse aus", sagte ich.
„Die Augen sind das Tor zur Seele", sagte ich.
„Wir können ihn nicht behalten."

Es war einmal ein Junge, der sich in einen Wolf verliebte.
„Wir geben den Hund nicht her", sagte Joshua.
„Ich kümmere mich um den Hund. Versprochen."

Es war einmal ein Junge, der viele Dinge versprach.
Dieses Versprechen würde das erste sein, das er hielt. Joshua fütterte Wolf. Joshua versuchte Wolf zu streicheln. Der Hund knurrte, der Hund schnappte.

Es war einmal eine Mutter, die sich viele Gedanken machte.
Wir können den Hund nicht einfach frei herumlaufen lassen.
Wenn der Hund in den Wald läuft, erschießen ihn die Jäger.
Im Hof wird der Hund nicht glücklich sein.
Der Hof ist klein. Der Hof ist asphaltiert.
Aber aus dem Hof kann der Hund nicht weglaufen.
Es ist eine Entscheidung zwischen Freiheit und Leben.
„Der Hund kommt in den Hof", beschloss Joshua.

Es war einmal ein Hund, der seinem Namen treu wurde.
„Er heult nachts", sagte Mama.
„Er möchte sich nicht streicheln lassen", sagte Joshua.
„Er möchte mich fressen", sagte ich.

Es war einmal ein Junge, der Zuflucht bei einem Wolf fand.
Joshua saß gerne im Hof. Wolf mochte das nicht.
Er knurrte Joshua an. Manchmal bellte er.
Dann legte er sich unter die Stiegen, die in den Hof führten.
Er verlor meinen Bruder nie aus den Augen.
Joshua setzte sich auf den Asphalt und sah den Wolken zu.
Nachts vor dem Schlafengehen erzählte er mir einmal:
„Wolf mag mich vielleicht nicht. Aber er erträgt mich. Deshalb mag ich ihn."
In der Schule ertrugen sie Joshua nicht.
Er kam mit zerrissenen Heftseiten, fehlenden Stiften, harten Worten und Tränen in den Augenwinkeln nach Hause.

Es war einmal ein Mädchen, das auf den Bäumen saß.
Die Bäume standen neben unserem Haus. Sie waren hoch.
Eigentlich durfte ich nicht auf die Bäume klettern.
Ich tat es trotzdem. Die Welt dort oben gehörte nur mir. Von den Bäumen aus traute ich mich, den Hund zu beobachten.
Er lief im Hof auf und ab, hin und her.
Wolf schlief nie. Zumindest nicht, wenn ich im Himmel saß.

Es passierten viele kleine Es war einmal.
Wolf wuchs. Wolf gewöhnte sich an Joshua.
Joshua wuchs. Joshua gewöhnte sich an Wolfs Unabhängigkeit.
Mama wuchs nicht mehr. Mama gewöhnte sich daran, dass Joshua und Wolf draußen im Hof waren.

Ich wuchs auch. Ich gewöhnte mich an nichts: nicht an den Hund, nicht an seine Wildheit und schon gar nicht an seine Augen. Sie waren noch immer schwarz und düster und böse. Vielleicht gewöhnte ich mich an meine Angst. Vielleicht habe ich deshalb Schuld. Schuld an dem, was dann passierte.

Es war einmal ein Junge, dem ein Unglück passierte.
Das Unglück waren Zähne. Hundezähne. Wolf biss Joshua.
Joshuas Arm blutete. Joshuas Arm blutete stark.
Als mein Bruder aus dem Krankenhaus nach Hause kam, trug er den Verband nicht wie ein Überlebender.
Er trug ihn wie ein Schuldiger.
„Ich habe Wolf provoziert", sagte er.
Seine Augen tasteten den Fußboden ab.

Es war einmal ein Mädchen, das ein Unglück beobachtete.
Ich saß auf einem Baum. Ich hatte mein Fernrohr bei mir. Ich erzählte Joshua davon, als er heimkam.
„Du hast dem Hund nichts getan. Er hat zugebissen. Einfach so."
Und: „In seinen Augen. Ich habe wieder etwas Böses gesehen."
Joshua schwieg. Ich auch.

Es war einmal ein Junge, der die Lüge wählte.
Joshua schlich sich nachts in mein Zimmer.
„Ich kann nicht schlafen", sagte er.
„Du erzählst Mama doch nicht, was du gesehen hast?", fragte er.
„Sonst schläfern sie Wolf ein. Sonst haben wir etwas Böses getan, obwohl wir eine Wahl hatten."

Es war einmal ein Mädchen, das zu seinem Bruder hielt.
Ich hatte Angst vor Wolf. Ich hatte Angst, dass er es wieder tun würde. Einfach so. Zubeißen.
Joshua ging jeden Tag nach dem Vorfall zu Wolf.
Es passierte nichts. Außer: Wenn er ins Haus kam, dann lächelte er.
Mama überlegte, den Hund wegzugeben. Ihre Gedanken stahlen Joshuas Lächeln.
Manchmal wiegen Lügen schwer.
Manchmal ist die Wahrheit zerstörerischer.
Ich saß auf Bäumen und wusste Dinge, die ich nicht wissen wollte.

Es war einmal ein Junge, der einen Zaun baute.
Joshuas Arm heilte wieder. Geschehenes wurde nicht ungeschehen. Aber besser.
„Der Hund braucht Freiheit", verkündete Joshua eines Morgens. Er begann, auf der wilden Wiese neben dem Haus einen Zaun zu bauen. Er fragte nicht, er tat einfach. Joshua hatte noch nie etwas gebaut. Der Zaun wurde schief, aber stabil und hoch. Das war das Wichtigste.
Wir sperrten den Hund auf die Wiese. Er pisste an den Zaunpfahl.

Es war einmal ein Hund, der einen Ausgang grub.
Am Anfang war es nur ein bisschen weggescharrte Erde neben dem Zaun. Dann ein Loch. Dann ein Tunnel.
Joshua schaufelte alles wieder zu.
Mama schaute Joshua zu. Mama schaute dem Hund zu.
Ich wusste nicht, ob mir ein entlaufener Wolf noch mehr Angst machen würde.

Es war einmal ein Junge, der Freiheit gewährte.
Wolf grub jeden Tag einen Ausgang. Joshua schüttete ihn jeden Tag wieder zu, bis er es eines Tages bleiben ließ.
„Wenn er gehen will, dann soll er gehen. Es hat keinen Sinn. Wenn er nicht bleiben will, warum sollte ich ihn zwingen."
In dieser Nacht konnte Joshua nicht schlafen.
Das weiß ich, weil ich das Licht in seinem Zimmer brennen sah.

Es war einmal ein Hund, der blieb.
Am nächsten Tag war Wolf noch da. Am übernächsten auch. Mittags legte er sich manchmal auf die Wiese außerhalb des Zaunes, dort, wo die Sonne hinschien, dort, wo ihm das Fell gewärmt wurde. Er lief nicht weg.
Nachts saß er auf der Wiese. Der mit Zaun.
„Er möchte wohl nur die Möglichkeit haben, gehen zu können", sagte Mama. „Nicht mehr."

Es war einmal ein Mädchen, das ein wenig Angst verlor.
Wenn ich an Wolf vorbeiging, dann hielt ich nicht mehr die Luft an. Wenn ich an Wolf vorbeiging, dann schlug mein Herz noch. Ich beobachtete ihn noch immer von den Bäumen aus, aber ich saß nicht mehr im Himmel. Zaunhoch reichte.
Manchmal, wenn ich zwischen Ästen saß, schlief Wolf.

Es war einmal eine Mutter, die einen Hund bleiben ließ.
Es war nicht immer einfach.
Der Hund heulte nachts.
Der Hund war wild.
Der Hund war Wolf.
Er wurde ein Freund. Irgendwie.

Es war einmal ein Junge, der Vertrauen fand.
Vielleicht war es, weil er keine Angst hatte.
Vielleicht war es, weil er nicht aufgab.
Es passierte eines Tages. Wolf ließ sich von Joshua streicheln.
Wolf ließ sich von Joshua kraulen.
Er knurrte nicht. Er bellte nicht. Er schnappte nicht.

Es war einmal.
Oder: Es waren einmal.
So könnte man diese Geschichte beenden.
Es waren einmal ein Bruder, eine Mutter und eine Schwester.
Es waren einmal Joshua, Mama und ich.
Und der Hund. Der Hund war auch noch da.
Und wenn er nicht gestorben ist, dann ist er das noch immer.

Erdelieben

Paula Dorten

Mein Hirn ist eine überreife Banane und die Stadt schwitzt so heftig, dass ich ihre Seele in den Himmel steigen sehe. Die Seele ist aus Abgasen und Menschendunst. Sie sollte eigentlich in die Hölle. Ich krieche durch das Stiegenhaus zur Wohnung, wie ein Wurm ans Tageslicht. Die Fliesen sind hässlich. Sie sind grau und braun und grün und ein bisschen lachsfarben, wie tote Korallen. Ich glaube, die Kafka hat geputzt. Alles glänzt und auf dem feuchten Film brechen sich die Sonnenstrahlen. Wenn ich die Luft anhalte, sind meine Schritte ganz leicht. Die Abdrücke meiner Schuhe sieht man trotzdem. Staubprofile. Ich atme wieder ein und überall riecht es nach Essen. Bei uns riecht es nach Schwimmbad. Wahrscheinlich hat die Katze in den Vorraum gepisst. Chlor ist ein Allheilmittel. Papa schwört darauf. Barfuß in der Küche trifft mich der Schlag in Form von Tortenduft. Ich taumle kurz. Nathan hat gebacken. Er kann das gut. Ich stehe zwischen Tür und Angel und seh ihm zu. Er kletzelt sich den Teig von den Fingern und steckt sich die Brösel in den Mund. Im Nacken liegt mir der kühle Türstock. Ich schnalze mit der Zunge. Nathan grinst mich an und schickt mir einen Kuss durch die Luft. „Du bist ein Zauberer“, sag ich. Nathans Brauen wandern bis zum Nordpol. „Du hast die Küche verwandelt“, sag ich. Nathan blinzelt und Mehl schneit aus seinen Wimpern. Er lacht. „Hokuspokus“, sagt er. Ich puste ihm das Mehl von den Wangen. Papa ist weder bei Nathan noch im Wohnzimmer. Eigentlich haben wir kein Wohnzimmer. Es besteht aus einem Tisch und einer Eckbank in der Küche. Aber ich nenne es gerne so. Unsere

Wohnung hat nur vier Zimmer und einen Gang. Und einen Kellerraum mit Vorhängeschloss. Dort lagert Nathan Marmeladen und Bier. „Papa ist im Keller“, sagt Nathan. Ich stutze: „Für Marmelade? Für Bier?“ „Nein. Wir verreisen.“ Das haut mich vom Hocker, auf dem ich nicht sitze. Ich klammere mich an den Türrahmen und der ist mein Fels in der Brandung. Da kommt Papa. Er grinst so breit, dass die Mundwinkel in seinen Wangen Wellen schlagen. Ich glaube, kein Mensch auf der Welt hat mehr Lachfalten als er. „Servus“, sag ich. „Servus“, sagt Papa und küsst mir den Scheitel. Dabei hab ich genauso wenig einen Scheitel wie ein Wohnzimmer. Meine Haare sind kurz und lockig und schwerkraftresistent. Papa hat sich einen Pfau und einen Flamingo unter den Arm geklemmt. Das sind aufblasbare Wassertiere. „Wir verreisen“, sagt Papa. „Wir verreisen“, ich rede alles nach und frag mich stumm, woher er die Tiere hat. Papa kann Gedanken lesen. „Aus dem Zoo“, sagt er. Ich bring kein Lächeln zustande. Ich bin zu mauloffen. „Aus dem Keller“, sagt er. „Von früher“, sagt er. Ich nicke. Früher war ich noch nicht da. Früher war Nathan noch klein und vier Zimmer groß genug. Nathan schluckt hörbar und ich seh seinen Adamsapfel einen Salto schlagen. Er hat Angst, wohin es geht. Ich auch. „Ans Meer“, sagt Papa, und das fühlt sich so an wie hundert Küsse auf den Scheitel.

Früher war Nathan schon mal dort. Da hatte er noch Babyspeck und einen Fischerhut mit Schnur unterm Kinn. Das weiß ich von Fotos. Die sind ausgeblichen, wie mit Sepia-Filter und nur bis zur Hälfte in das Fotoalbum eingepickt. Der Kleber ist gelb und aus einer Flüssigkeit, die heute sicher giftig ist. Die Geschichten dazu hab ich mir selbst erzählt. War‘s Griechenland, Italien oder Kroatien? Nathan kann sich nicht erinnern. Papa schon. Nathan spricht. Papa nicht. Also denke ich mir alles aus. Bestimmt war es Griechenland. Dort wo alles himmelfarbig ist. Blau und weiß. Dort, wo man Tzatziki isst. Dort, wohin man die Eulen trägt. Ich beneide Nathan um früher. Früher heißt: Papa war wach und glücklich und hat geraucht. Diese eine Zigarette am Tag, zu Mittag in der Arbeit. Sein Gewand hat danach gerochen. Früher heißt: Nathan war schön, aber wusste es nicht. Er war glücklich wie ein Kind und sprachlos. Aber Nathan hat von früher auch nicht mehr als ich. Bloß die Fotos im Schuhkarton, in dem früher einmal Frauenballerinas waren

Papa gibt mir eine Reisetasche und die ist von früher. Das kann ich riechen, als ich den Zipp öffne und mir die Plastikbeschichtung entgegenbröselt. Die Vergangenheit gibt‘s für mich nur in 2D. Ich kann sie auf Fotos sehen und in Reisetaschen riechen. Ich packe die Sachen ein, die ich für sinnvoll halte und mir fällt auf, dass ich von nichts eine Ahnung habe. Ich hab erst so wenig von der Welt gesehen. Papa sagt, wir fahren nach Italien. Dort, wo alle dunkle Augen haben und zu Mittag leise schlafen. Dort, wo der Pizzateig dünn ist wie Löschpapier und wo man Spaghetti ohne Löffel isst. Im Auto stinkt es, als wir losfahren. Ich war noch niemals am Meer. „Ciao Bello“, flüstere ich stumm und ab sind wir.

Die Sonne ist eine schlechte Putzfrau. Wenn sie durchs Fenster fällt, dann hat die Welt einen Drecksfilm. Die Welt ist ein Drecksfilm. Und manchmal glaub ich, ich bin die Hauptfigur und ich will den Drehbuchautor schlagen oder lieben. Papa summt die Titelmelodie. Ich weiß, dass es die von diesem Sommer sein wird, aber ich kann das Lied nicht erkennen.

Alles, an dem wir vorbeifahren, ist so nah und fern und ich will, dass die Erde das Kamel ist und ich das Nadelöhr. Papa sagt, er hat das früher versucht. Und jetzt ist er das Kamel. Ich gebe mich mit dem zufrieden, was ich durch das Fenster sehe. Nathan liegt auf der Rückbank und schläft. Ich kann nicht. Schließlich sehe ich fern.

Obwohl der Horizont die Sonne schon verschluckt hat, gehen Nathan und ich an den Strand. In den hohen Eichen schreien die Grillen. Ich mag ihre Stimmen. Das ist wie Mamas brummende Brust, wenn sie gesungen hat. Ich atme Salz ein. Ich vermisse den Pfeffer nicht. Das Meer ist reich. Es trägt eine Perlenkette. Die Schwimmerleine. Ich glaube, dort sehe ich sie zum ersten Mal. Sie balanciert auf den weißen Kugeln wie eine Artistin über dem Meeresboden. Ihr Kopf hüpft zwischen den Wellen. Das Wasser muss warm sein. Ich kann sehen, dass sie allein und schön ist. Ich kann sehen, dass sie schöne Gedanken hat. Nathan schaut nur zum Mond. In Italien ist er weiblich und majestätisch. Das dunkle Wasser glitzert.

Die Telefonfüchse: Schneesturm

Alva Söllner

Die Wolken fallen auf das Dach der Busstation, als es zu regnen beginnt. Tausend Tropfen auf einmal in einer Landschaft, in der nur einige Wüstenfüchse leben, die nun meinen Schuh verschlingen, oder zumindest anbeißen.

Zuerst war der Himmel blau, dann gelb, lila, orange, rot, wieder lila und dann glaub ich grün.

Danach habe ich alles vergessen, und alle Speisen aufgegessen. Ich habe auch vergessen, dass ich fast Psychologie studiert hätte und ein Chamäleon bei mir wohnt.

Meine Augen sind braun, wenn sie offen sind.

Und ich liege auf einem Kartoffelfeld, mit rotem Sand und Insekten um mich.

Meine Augen sind zu, wenn sie offen sind. Aber es fühlt sich an, als wären sie nicht offen, sondern im gleichen Moment geschlossen, weil die Füchse es so wollen.

Es wiederholt sich alles und die Galaxie bleibt gleich, außer dass ein Stern explodiert, einige Millionen Lichtjahre entfernt. Ich schreie, dass es dorthin zurückschallt.

„Sie kann sehen, dass der Stern gegangen ist", rauscht eine Stimme neben mir.

„Schschschsch"

Ganz viele Stimmen. Mehr als zwanzig.

Meine Augen weiten sich, und der Blick fällt auf eine leere Dose Cola Light, ausgekippt neben mir am Boden.

Ein Lichtblitz in meinen Gedanken, ein Busfahrer mit blauen Gummistiefeln, und einem Wüstenfuchs auf dem Arm.

Drei Grashalme, und dann sind sie verschwunden.

((Dann sind nur noch blaue Grashalme da, es fühlt sich an wie am Mars oder Mond. Dann sind da wieder die Sterne.))

Und drei Wüstenfüchse in meinem Kopf.

Machen sich über den Müll her.

Nie habe ich gewusst, dass sie durstig sind.

Ich bin schneller aufgewacht, als ich es mir hätte vorstellen können.

„Hey, hi, huhu“

Sie nehmen die Cola-Dose und schlucken sie hinunter.

„Yeah, yeah!“

Meine Socken versinken im Sand.

Ein weiter Weg führt zur Telefonzelle, die 30 km von hier liegt, aber in so kurzer Zeit erreicht ist wie der Regenbogen verschwunden.

Sie ist umhüllt von einem Nebel, der in der LED-Beleuchtung in den Fenstern glitzert, wie meine Schuhe, bevor sie verschluckt wurden.

30 c kostet ein Anruf zum Mond, aber nur 40 c zu Pluto.

„Das ist aber eine schlechte Aufteilung. Können die nicht rechnen? Zu Pluto ist es 1220703 km weiter als zum Mond, und dieses Verhältnis stimmt um 406002 $ nicht in das System.“

„Die Telefonanbieter hatten noch nie ein System, yeah? Wir wissen schon lange, dass die nicht multiplizieren können.“

In meinem Kopf fühlt sich das alles an, als hätte ich zu viele Gehirnzellen und es würde gleich übergehen wie ein Soda im Wasser.

Ich kann mich nicht an diese Intelligenz meiner Selbst erinnern. Aber ich kann mich ja an nichts erinnern.

„Du wirst jetzt entführt“,

spricht der Coolste der Wüstenfüchse,

als ich so in der Tür stehe und die Wand sehe, und die leuchtenden Schritte der anderen und seine Umrisse verschwimmen langsam.

Der Fuchs tippt meinen Namen ein, es stand geschrieben in einem Buch, und daneben steht angezeigt:

„MONDFINSTERNIS COUNTDOWN: 37 – 36 – 35 – 34 – ...“

„Nein!!“, schreie ich, und laufe einmal gegen die Glastür, die mich gespiegelt hat, als ich noch auf sandigem Boden und oranger Erde stand, werfe einen Blick rüber zu dem Telefonfuchs neben dem Telefonbuch, der an der grünen Wand lehnt, und sehe dabei zu, wie dieser eine Flasche Cola Zero verspeist.

Seine Augen sind fast so schön, sind wie meine eigenen.

„Wir brauchen wohl keine Mülltonnen mehr“, denke ich mir, und meine Haare fallen ins Gesicht wie das Meer. „Der Müll wird ewig sein.“

„Wohin würdest du am liebsten wohnen?“, fragt mich der Telefonfuchs.

„Antarktis wäre cool“, sage ich.

„Es gibt zwei Wege, die dich in zwei Minuten in die Antarktis schicken, hey yo. Die erste Möglichkeit wäre, du trinkst vierzehn oder mehr von den Flaschen mit Cola Light oder Zero. Doch andere rufen die geheimnisvolle Nummer an, die, die dort oben im Raum geschrieben steht, mit leuchtenden Buchstaben aus Petrolfarbe.“

Er deutet an die Decke, auf irgendeinen Fahrplan mit UFO-Abflugszeiten oder so was in der Art.

WIR WERDEN DICH IN EINE GEGEND BRINGEN, WO DIE FÜCHSE WEISSES FELL HABEN, WO DER MOND VERKEHRT HERUM AUFGEHT.

Er tippt 22345 ein, die geheime Nummer.

„Hey. Ich wurde beauftragt, dich zum Mond zu bringen. Aber das mach ich nicht. Die Erde soll auch ganz akzeptant und cool sein.“

Okay. Ich werde jetzt wohl entführt.

Ich fühle eine Sekunde die Schieflage, als die Telefonzelle irgendwo dagegenkracht, und sehe aus dem verschmierten Fenster, hinaus in die arktische Kälte. Wir waren zwar woanders gelandet als geplant, aber es sah schön aus.

„Ich komm mit“, sagt der Polarfuchs zu mir, als ich aus der Tür schreite.

Es sei schon cool genug, auf der Erde zu stehen, und cool genug, zu bleiben.

Und ich höre, wie die Sterne sprechen.

„In der ewigen Kälte ist es am schönsten, mein Bruder, Bro. Geh dorthin, und du wirst niemals mehr Eis essen.“

Kann es sein, dass es ein Kojote war?

Ich drehe mich um, mit meinem Mantel als einzigem Hinweis, dass ich noch auf der Erde stehe.

„Cool“, sage ich,

und wir gehen dann mal raus in den Schneesturm.

Die Eroberung des Herzens

Clara Stiller

Die tägliche Frühstücksübelkeit ist noch nicht vergangen, da piepst schon die Mikrowelle und ich hebe das Herz mit beiden Händen feierlich aus der bunt gepunkteten Schüssel. Ich trage es hinüber in den Biologiesaal, wo schon das Besteck bereitliegt, neben der Sezierwanne aus Plastik.

Es klingelt, ich öffne die Tür und eine kleine Schar Schülerinnen und Schüler strömt herein. Es sind sechs oder sieben, die Platz nehmen und nachgezählt werden müssen, und das einzige konfessionslose Kind aus der zweiten Klasse hinterher. Ich wiederum schare sie um den Tisch mit dem Herzen, ich soll Autorität vermitteln und modern wirken, habe ich gehört.

„Das geht heute nur ausnahmsweise, weil ihr so wenige seid, nur das Kernstück der Klasse."

Das Kernstück schaut mit halboffenen Mündern in die Mitte des Halbkreises um den Tisch.

„Von wem ist das?" – „Von deiner Oma!"

Ich räuspere mich. *„Nein, Marius, ich habe es letzte Woche vom Fleischhauer abgeholt."*

Marius aber wird bleich, er macht noch größere Augen und auch mir entgleisen fast die Gesichtszüge. Es stellt sich die Frage: kämpfen oder flüchten?

„Also, es handelt sich hier um ein Schweineherz. Das Schwein war wahrscheinlich schon älter. Und recht schlank, sonst hätten wir noch eine dicke Schicht Fettgewebe. Wer macht ein Foto? Die Spitze zeigt auch deutlich nach links, von euch

aus gesehen rechts, zum Fenster. Bevor ich es anschneide: Wer erinnert sich, wie die Gefäße außen heißen?"

Das Religionskind meldet sich, ich muss ihm zu viel zugemutet haben: *„Meine Mama ist Ärztin im Spital und sie hat mir erzählt, beim Sezieren schaut man zuerst kurz das Gesicht an, weil man sich bedankt und dann deckt man es wieder zu oder schneidet gleich hinein, machen Sie das auch?"*

Das scharfe Skalpell halte ich schon in meiner Hand, doch ich schließe für einen Moment die Augen, um die Elfjährige nicht mit einer verfehlten Antwort zu schrecken. Hinter den Lidern, im Kopf, wird es hellrot. Die Farbe breitet sich aus, es dröhnt, summt und pulsiert. Das ist der Opfergesang. Er stimmt sich von selbst an. Und dann öffne ich meine Augen wieder und seufze statt einer Antwort. Besser seufzen als stöhnen.

„Da einmal in der Mitte durch und wir wissen, wie es wirklich in einem Herz aussieht."

Mit dem Skalpell kann ich keinen kurzen Prozess machen. War das Schwein wohl dickhäutig. Ich wechsle auf die Schere.

„Ihr könnt dann wieder Fotos machen, aber schreibt trotzdem auf den Arbeitsblättern auf, welche Strukturen ihr erkennt. Das ist nicht so einfach."

Mit der Schere komme ich rundum ganz gut durch die Wand und nachdem auch das Septum geschafft ist, klappe ich das Herz wie ein Buch auf. Sein Innenleben muss wie eine Offenbarung für die Kinder sein. Nur ist es mittlerweile so warm, dass sich der Geruch im Raum auszubreiten beginnt. Ich kann deswegen nicht ganz sagen, ob die Kinder fasziniert dreinschauen oder doch – schon sehr angeekelt. Diese Dinge liegen ja manchmal so nah beieinander.

Ich öffne eben ein Fenster, zeige her, was herzuzeigen ist, keine inhaltlichen Nachfragen. Die weißlichen Gewebeklumpen und die in der Plastikwanne verteilten dunklen Blutklumpen sind einer Meinung mit mir: Wir sind in der Stunde angekommen, sogar in der selbstständigen Arbeitsphase. Segelklappen ahoi.

Belinda und Yasmin sind sich in ihrer Kleinstgruppe nicht einig, ob Nickis zweiter roter Buntstift tatsächlich den Farbton trifft. Marius und Jakob denken an keine Omas mehr. Niemand muckt auf, niemand droht mit Skalpellduellen. Alle beschriften ehrfürchtig.

Das Arbeitsblatt ist aber etwas kürzer als üblich und ein erster Schüler will das Herz angreifen! Er will es angreifen. Jetzt wollen sie alle das Herz angreifen. Nur das Religionskind verzieht das Gesicht, schaut dafür noch einmal genauer hin.

Verläuft sich das Blut manchmal in die falsche Ader? Warum klopft es so laut, wenn es eigentlich so weich ist?

Bildung stattgefunden?

„Okay. Wer das Herz berührt, muss sich nachher die Hände gründlich waschen. Mit Seife. Yasmin, wenn du möchtest, darfst du zuerst, du hast heute sehr konzentriert mitgearbeitet.“

Yasmin sieht mich an, als wäre ich selbst das Herz. Sie holt sich einen einzelnen Einweghandschuh vom Lehrertisch und streichelt liebevoll die Segelklappen, probiert, ob sie an den Fäden zupfen kann. Nach der Reihe berühren die Schülerinnen und Schüler mit großer Sorgfalt, aber mit unterschiedlichem Eifer die Teile des Organs. Kein Wort wird gesprochen. Wir hören nur ein paar Autos durch die Gasse rauschen und den Dokumentarfilm im Nebenraum.

Als die Tür mit einem Ruck aufgeht, zuckt Samuel so zusammen, dass er, der auch die Rückseite unseres Unterrichtsgegenstandes betrachten wollte, beide behandschuhten Hände schnell zurückzieht und aufschaut. So versteinert wie er fühle auch ich mich einen Moment lang, fast schuldig. *Hände hoch!* Ich unterdrücke den Impuls.

Der Direktor steckt seinen Kopf herein und sucht meinen Blick.

„Isabella?“

Dann späht er in Richtung der Kinder, von denen manche ihre rötlich befleckten Handschuhe anbehalten haben, und wirkt etwas entgeistert. Sie schauen durchdringend zurück. Ich tippe nur auf meine Armbanduhr. Keine Zeit für Unterbrechungen, nicht in meinem Unterricht! Vor allem nicht, wenn Samuel sich ein einziges Mal an den Gegenstand des Unterrichts herantraut. Ich schreite fort, um die letzten Minuten noch gut zu füllen.

„Auf der Rückseite vom Zettel ist ein wichtiger Fachbegriff gestanden.“

Es raschelt ein bisschen und Nicki zieht sich einen Handschuh aus und liest von Belindas Blatt vor.

„Meinen Sie... Aorta?“

Er sagt es sehr kantig.

„Richtig, merk dir das. Und wenn ihr euch einmal nicht ganz sicher seid, was was ist, könnt ihr ganz einfach nachprüfen, in welchen Teil die dicken Gefäße münden. Die sind schon richtige Autobahnen für das Blut.“

Ich deute mit der Pinzette am oberen Teil herum. Aber dann lasse ich die Pinzette doch beiseite – so hat es keinen Sinn – und hebe das Herz mit der linken Hand sacht in die

Höhe. Die Kinder müssen ihre Köpfe nicht mehr so vorgebeugt zusammenstecken. Ich halte es zu fest, weil ich nicht möchte, dass mir am Ende einer Stunde noch ein ganzes Organ auf den Boden fällt und alle durcheinander schreien. Es tropft etwas.

Mit dem Zeigefinger der rechten Hand fahre ich von oben in das weiche, elastische Gefäß. Aus dem Augenwinkel sehe ich offenstehende Münder. Ich schiebe den Finger so lange weiter, bis ich im Hohlraum angelangt bin und vorsichtig herauswinken kann.

Bevor ich aber erklären kann, warum, oder auch „den Unterrichtsertrag sicherstellen“, wie der Direktor beharrlich sagen würde, läutet die Schulglocke und die Sicherstellung geht in einem Schwall eiliger Rufe unter.

Tschüss! Bis Freitag! Bis am Nachmittag!

Ich bleibe übrig. Ein Plastiksackerl liegt bereit, der Hund meiner Nachbarin frisst alles. Die Bestecke kommen zur Sicherheit in den Geschirrspüler im Kammerl. Ich zeichne mit meinem Finger Muster in das Süppchen, das in der Sezierwanne verblieben ist, während ich darauf warte, dass sich beim Wasserhahn die richtige Temperatur einstellt.

Rückblick

Anna Richter

Sonnenstrahlen fallen in einen großen Garten, im Schatten einer Linde sitzt ein Junge. Er ist nicht älter als fünf und hat seinen Blick konzentriert auf den Boden gerichtet. Das Lachen aus dem Haus, zu dem der Garten gehört, nimmt er nur entfernt wahr.

Das Gelächter und die fröhlichen Stimmen gehören seiner Mutter und seiner vier Jahre älteren Schwester. Die beiden sitzen im Wohnzimmer, dem es trotz der vielen Möbel, Kissen und sorgfältig aufgestellten Fotos an Gemütlichkeit fehlt. Das Mädchen hat ein Bild mit der Mutter gemalt, beide haben Spaß und denken nicht an den Jungen, der vor über zwei Stunden in den Garten gegangen ist. Als die Tochter ihre Hausaufgaben erledigt, entsinnt sich die Mutter des Jungen und wirft einen Blick aus dem Fenster.

Sie erspäht ihren Sohn schräg hinter den Blumenbeeten und steuert, verunsichert von seiner Reglosigkeit, auf die Tür zum Garten zu. An der Wand neben der steinernen Treppe, die in der Wiese endet, wuchert der Efeu. Die Frau weicht einzelnen Ranken auf den Stufen aus und geht, vorbei an Rosen und Tulpen, Nelken, Narzissen und Hortensien, auf ihren Sohn zu. Sie zertritt den Löwenzahn und die Gänseblümchen auf ihrem Weg. Die Mutter erreicht den Platz, auf dem sich der Junge niedergelassen hat: „Na, was machst du denn – “ Sie schnappt nach Luft.

Vor ihrem Sohn liegen drei kleine Spitzmäuse, in seiner Hand das Taschenmesser, das ihm sein Vater zu Weihnachten geschenkt hat. „Ich war ja gleich gegen das Messer“, denkt die Frau. „Ich wusste, dass da noch was passieren wird." Der Junge dreht langsam seinen Kopf, blickt zu ihr auf. In seinem Gesicht ist keine Emotion zu erkennen, die Augen beinahe gelangweilt. Es ist der täglich blanke Gesichtsausdruck, den seine Mutter schon kennt. Mit dem sie nichts anzufangen weiß. Ihren Freundinnen erzählt sie von Hochbegabung und Unterforderung. Es sind Worte, mit denen sie und alle anderen etwas anfangen können und die weniger besorgniserregend klingen als Teilnahmslosigkeit und Kälte. Worte, die nicht auf ihren Jungen zutreffen, aber auf den Jungen, den sie und ihr Mann sich in ihrem Kopf zusammenbasteln und den Verwandten präsentieren.

Die Frau zwingt sich zu einem Lächeln und streicht ihrem Sohn über den Kopf. Die Geste fühlt sich fremd an, sein Haar struppig. Sie fragt sich, wann es zuletzt gewaschen wurde. Ihr Sohn wischt das Taschenmesser an seinen Jeans ab, klappt es zusammen und steckt es ein. Seine Mutter wird den ganzen Tag über an nichts anderes denken als an die Blutflecken auf seiner Hose, solange, bis sie das Kleidungsstück wegwirft. Er steht langsam auf, seine Mutter ist bereits auf dem Weg zurück ins Haus, zurück ins Wohnzimmer, zurück zur Schwester, die man sich nicht zusammenreimen muss. Denn sie ist reizend, wortgewandt und bedarf keiner Rechtfertigung gegenüber anderen. Sie – und das merkt der Bruder trotz seines Alters – ist sich ihrer und seiner Position durchaus bewusst. Und das hat ihn schon immer am meisten gestört.

All die Farben, die ich fühlte

Celina Kuba

Am Anfang war alles weiß und neutral so wie jeder Anfang. Aber schon das Weiß war ein anderes Weiß, ein Weiß verbunden mit einem Gefühl. So wie der glitzernde Schnee auf den Berggipfeln, kurz bevor man als Erste die Piste hinunterfährt. Weiß wie die ersten Wolken, die der Sonne Gesellschaft leisten nach einer Woche Regenwetter. Weiß wie ein Nebel ins Unbekannte. Es war der erste Tag nach den Sommerferien, als ich sie das erste Mal sah, sie saß am hintersten Tisch in der Cafeteria, ganz alleine, und sah mich an. Ich hatte sie noch nie zuvor hier gesehen und doch kam sie mir irgendwie bekannt vor.

Gelb, hellgelb, um genau zu sein, das war die Farbe, die sich als nächstes langsam durch meine Seele und dann durch meinen gesamten Körper schlich. Aber nicht das Gelb, das meine Großmutter seit ich denken kann an ihre Wand strich. Mehr das Gelb mit dem leichten Pastellschimmer, das plötzlich jedermanns Lieblingsfarbe ist. Gerade wegen dem Pastellschimmer. Das Gelb der überteuerten Tasse, die ich auf einem Markt in Italien gekauft hatte. Als ich sie am Schulflur sah, während ich irgendwelche Bücher zurück in meinen Spind schlichtete und mir eine viel zu lange Weste anzog, weil ich mich wieder mal unwohl in meinem Körper fühlte. Sie sah mich an, ich sah zurück. Sie lächelte leicht und nickte mir aufmunternd zu, als könnte sie meine Gedanken lesen.

Orange. Ein richtig knalliges, auffallendes Orange. Man konnte es kaum übersehen, wie eine plötzlich aufkommende Flamme, ganz aus dem Nichts. Ich hätte sie gleich löschen sollen, doch irgendwie übersah ich die Flamme. Wieder saß ich am Tisch in der Cafeteria und pickte in dem grindigen Schulessen herum. Mir war schlecht. Ich lief schnell auf die Toilette, lehnte mich an die mit Edding beschmierte Wand und hielt meine Tränen zurück. Ich schloss meine Augen und hoffte, dass die Türe gleich aufging und meine Freunde hereinstürmten. Doch es kam keiner. Tief ein- und ausatmen. Tief ein- und ausatmen. Eine heiße Träne lief meine Wange hinunter. Meine Augen brannten und so war ich gezwungen, sie zu öffnen. Plötzlich stand sie da und grinste mich an. Ich blinzelte und rieb meine Augen, um mich zu versichern, dass ich mir das nur einbildete. Doch sie stand immer noch da. „Was schaust du so?!“ Ich war wütend, ich wollte sie anschreien, doch es hörte sich eher wie ein hysterisches Kreischen an. Sie sagte nichts, ihr Grinsen blieb und sie zeigte auf die offene Toilettentüre neben ihr. Ich sah hin und her zwischen ihr und der Tür. Ich schloss wieder meine Augen. Tief ein- und ausatmen. Als ich sie wieder öffnete, war sie weg. Doch ihr Schatten, der zur Türe zeigte, war immer noch da. Also ging ich auf sie zu, sperrte hinter mir ab und traf eine Entscheidung, die ich früher oder später noch bereuen sollte.

Rot. Rot wie das Blut, das durch meinen immer schmaler werdenden Körper floss. Es sind Monate vergangen und es war nun tiefster Winter. Gut für mich, ich konnte lange, große Pullover anziehen, niemand merkte etwas. Ich schottete mich von meinen Freunden ab, verbrachte die meiste Zeit in der Mittagspause in der Schulbibliothek. Ich sah sie viel öfter als davor, fast nach jeder Stunde lief sie am Flur an mir vorbei. Ich dachte, das wäre ein Zufall. Eigentlich dachte ich nichts. Ich versuchte sie einfach zu ignorieren. Und das gelang mir auch gut, dachte ich. Eines Abends stand ich vor meinem Badezimmerspiegel. Ich hörte irgendein ruhiges Lied und versuchte meine Augen offen zu halten, während ich mir müde meine Zähne putzte. Plötzlich sah ich sie im Spiegel, sie stand direkt hinter mir und grinste wieder. Ich drehte mich um. Niemand. Ich schüttelte den Kopf. Wahrscheinlich nur Einbildung.

Violett. Violett wie ein Veilchen, das kurz davor ist zu verblühen. Violett wie das Ballkleid meiner Mutter aus den 80ern. Violett wie der Sonnenuntergang an dem Tag, an dem ich meine Hoffnung zurückbekam. Es war an einem Montag, natürlich war es ein Montag. Es sind doch irgendwie immer die Montage, an denen etwas Schlimmes passiert. Ich kam von der Schule, später als sonst, weil ich meinen Bus verpasst hatte. Ich schloss die Türe auf und wollte wie immer gleich in mein völlig verwüstetes Zimmer stürmen. Ich warf einen Blick ins Wohnzimmer und da sah ich sie sitzen. Meine Eltern, meine große Schwester und die Vertrauenslehrerin der Schule. „Das war's dann", war der erste Gedanke, der mir durch den Kopf ging. Es fühlte sich an, als würde das „ernste Gespräch" nie enden. Ich saß da, den Blick Richtung Boden. Im Grunde nahm ich an dem Gespräch gar nicht teil, ich hörte nicht einmal wirklich zu. Ich realisierte nur endlich, was mit mir passiert war. Was sie mir angetan hatte. Und ich schämte mich dafür, was ich meinen Eltern angetan hatte, nur, weil ich auf sie gehört hatte.

Blau. Wie mein Lieblingsstift. Blau wie das Meer in Südfrankreich. Im Blau fand ich mich endlich wieder. Es war ein Labyrinth durch meinen Körper, doch irgendwann, nach Monaten fand ich den Ausgang. So fand ich auch den Ausgang aus dem grauen, von außen schlimmer aussehenden Gebäude, als es innen wirklich war. Dem Gebäude, das ich anfangs so verachtete. Meine Eltern hatten an dem Abend in Phase Violett beschlossen, dass ich Hilfe bräuchte. Ich verstand sie nicht, wollte sie nicht verstehen, denn wieso sollten sie mich wegschicken, wenn ich sie am dringendsten brauchte? Nach einer Zeit, einigen Gesprächen mit der etwa 50-jährigen Frau in dem Zimmer voller Zeichnungen und etwa tausenden Zusammenbrüchen verstand ich endlich. Plötzlich war all das, was mich vorher so fertig machte, unscheinbar. Ich kam zurück nach Hause. Richtete mein Zimmer neu ein, verbrachte viel Zeit mit meiner Familie. Ich traf meine Freunde wieder, bekam sogar einen Ferienjob.

Es war der erste Schultag, ein Jahr später. Ich hatte mir eine Liste geschrieben mit Dingen, die ich erreichen wollte. Ich fuhr wie jeden ersten Schultag mit dem Bus zur Schule, Kopfhörer in den Ohren. Ich sah nach draußen, zählte die Haltestellen. Die Sonne schien nicht, aber richtig schlecht war das Wetter auch nicht. Es war alles in Ordnung, alles so wie ich es mir vorgestellt hatte.

Schwarz, wie das hinterste Buch in der hintersten Reihe der alten Bibliothek in unserer Stadt. Schwarz wie ihre Augen, die mich anstarrten, während sie auf den Platz neben mir zeigte, grinsend und fragte „Da ist doch noch frei, oder?"

Der Wasserkocher

Annabelle Zeuner

Ich stehe in der Küche und bin noch im Schlafanzug. Es ist der schöne, blaue, auf dem ein Anker und ein Seehund am Strand abgebildet sind. Darüber trage ich eine weiße, flauschige Strickjacke und einen roten, glatten Schal. Es ist Frühling. Die Sonne scheint in unsere Küche. Es sind bestimmt 14 Grad draußen. Mein Mitbewohner steht unter der Dusche und hört MDR Radio-Kultur. Das Bad grenzt direkt an die Küche. Mir ist langweilig. Er fängt an mitzusummen. Anscheinend hat er nicht gehört, wie ich reingekommen bin. Normalerweise hört man, wenn jemand die metallene Türklinke runterdrückt und mit Schwung die Tür aufstößt. Zugegeben, wenn man im Bad unter der Dusche steht, hört man dieses spezifische Geräusch vielleicht nicht, möglicherweise aber doch, wie man die Küchentür wieder schließt. Mein Mitbewohner summt fröhlich weiter, es läuft ein französisches Lied. Es ist keines, das ich kenne. Zaz ist es definitiv nicht, von der habe ich eine CD und ihre Stimme würde ich wiedererkennen. Ich spreche kein Französisch. Mein Mitbewohner auch nicht. Er hört mich immer noch nicht, weil ich aus dem Fenster schaue und nur dastehe. Meine Füße sind gut verpackt. Ich trage Socken, auf denen jeweils ein Pinguin mit Weihnachtsmannmütze abgebildet ist. Der an den Kopf grenzende weiße Wollrand der Weihnachtsmütze glitzert, ebenso eine weiße Fliege, die der Pinguin um seinen Hals trägt. Wenn Pinguine überhaupt Hälse haben... Darüber, dicht angeschmiegt bunt gestreifte Stricksocken, die meine Tante mir geschenkt hat, die aber nicht selbstgestrickt sind. Meine Hausschuhe sind von einem

Straßenmarkt aus Polen, dicht an der Grenze zu Deutschland. Sie sind aus Schafsfell. Ich mag sie sehr. Ich gehe einen Schritt auf die Küchenzeile zu und greife nach dem Wasserkocher. Mit meinem Daumen drücke ich auf den dafür vorgesehenen Knopf und lasse den Deckel hochschnellen. Ich halte den zylinderförmigen Kochbehälter in das Spülbecken, drehe den Hahn auf und lasse lauwarmes Wasser hineinlaufen, solange bis die minimale Füllmenge von 0,5 Litern erreicht ist. Mehr brauche ich nicht. Ich drehe den Hahn mit meiner linken, freien Hand wieder zu und stelle den Wasserkocher auf sein an ein Stromkabel angeschlossenes Gegenstück. Es klickt. Dann lege ich den Schalter um. Es klickt erneut. Dann leuchtet es orange auf und das Wasser beginnt sich zu erwärmen. Ich nehme mir eine Tasse aus dem Schrank. Die Türgriffe sind alle desinfiziert. Ich finde das ein bisschen übertrieben, aber seit dieses Virus aufgetaucht ist, spielen hier alle verrückt.

Mein Mitbewohner singt: „En trace, tra tra-ce. En tra a aa ace. En tra tra-ce." Ich überlege, ob ich meinen Tee gleich auf unserer Balkonterrasse trinken soll oder doch erstmal richtig frühstücken. Ich schaue zu unserem offenen Teeregal, das für alle frei zugänglich ist. Tee ist etwas, das wir hier teilen. Das finde ich gut. Es gibt immer ausreichend Tee in verschiedenen Sorten. Zitrone-Ingwer, Salbei, Kamille, Magen und Darm-, Schlaf und Nerven Tee, die Brennnesselmischung, die keiner so richtig anrühren mag und die dort schon seit knapp fünf Monaten ihr Dasein, auf dem Regal, fristet. Fenchel-Anis, Holunderblüte, Kräutermischung, auf der zweiten Teeetage stehen auch noch grüner und schwarzer Tee und verschiedene rote Früchtetees, aber nicht in der discountüblichen Beutelvariante. Deshalb sind diese für mich uninteressant. Weil ich leichte Halsschmerzen habe, greife ich zu Salbei. Oder vielleicht auch aus Gewohnheit. Seit Corona leben wir alle ein bisschen gesundheitsbewusster und irgendwie schmeckt Salbeitee jetzt doch gar nicht mehr so ekelig wie früher.

Als ich die Teepackung öffne, sehe ich, dass sie nur noch etwa zu einem Drittel mit Salbei gefüllt ist. Den restlichen Platz beanspruchen New York-Chai und orientalischer Apfeltee mit arabischen Schriftzeichen darauf. Die Farbkombination der einzelnen Verpackungen erinnert mich an eine Flagge, aber ich komm nicht drauf welche. Ich ziehe eine lila Verpackung heraus und fummle den Teebeutel heraus. Ich befreie den Teebeutel von seiner um ihn gewickelten Schnur, indem ich das Säckchen an dem viereckigen, kleinen Infoschildchen festhalte und leicht schüttle. Bei dieser Teesorte steht keine Weisheit von Konfuzius oder eine ermunternde Tagesbotschaft oder Entspannungsformel darauf. Ziehzeit: 5 – 8 min. Ich lasse den Teebeutel in meine Tasse plumpsen. Das Wasser ist noch nicht fertig. Mein Mitbewohner hat aufgehört mitzusingen. Er hat mich wohl doch gehört, aber das Lied ist auch zu Ende. Die Nachrichten werden angekündigt. Mit Jens Sparbing. Unglaubliche Neuigkeiten: Wissenschaftler haben Impfstoff gegen das Coronavirus. Nach mehreren Testdurchläufen sei nun bestätigt, dass das Produkt zur Massenprävention geeignet sei und eingesetzt werden könne, so Tina Klaharowitsch, Sprecherin der Bundesakademie und des Forschungszentrums Ginten. Genauere Vorgehensweisen werden in den nächsten Tagen mit der Bundesregierung abgesprochen. Es sieht also endlich wirklich so aus, als ob sich all die Mühe bezahlt gemacht hat. In der Redaktion wird schon ein kleines bisschen gefeiert, natürlich noch mit Abstand, aber das wird nicht mehr lange notwendig sein. Der Teekocher wird lauter.

Liebe Hörerinnen und Hörer. Durch ein kleines, durchsichtiges Fenster des Wasserkochers, auf dem auch die Liter-Skala angebracht ist, sehe ich, wie sich Wasserblasen nach oben werfen. Eine sensationelle Nachricht. Es klickt. Das orangene Licht geht wieder aus und die Stromzufuhr wird unterbrochen, das Wasser köchelt trotzdem noch ein bisschen weiter. Wir werden sie auf dem Laufenden halten und sie regelmäßig über alle neuen Erkenntnisse informieren. Ich gieße das Wasser in die Tasse und wippe meinen Teebeutel dreimal auf und ab. Es ist ein wirklich schöner Morgen, denke ich. Ich gehe raus auf den Balkon, Sonne scheint mir ins Gesicht, und ich setze mich auf einen geflochtenen Korbstuhl. Das Radio höre ich nicht mehr. Ich lasse noch einmal den Teebeutel durch die Tasse wandern, und beobachte, wie sich farbige Schlieren davon lösen und sich im Wasser verteilen. Dann probiere ich einen Schluck. Mein Tee ist fertig.

Spring

Lilith Stephenson

1

Spring
Ich habe Angst
Du willst doch sterben
Ja
Worauf wartest du dann noch?
Ich weiß nicht
Ich werde dich nicht aufhalten
Ich weiß
Aber dennoch
Ja
Sobald du im Wasser bist
Hm
Wirst du sehen, wie du um dein Leben kämpfst
Wirst du mich retten?
Nein

2

Am Bahnsteig

Was machst du?
Ich warte
Hier draußen?
Ja
Worauf?
Auf den Schnitter
Es ist gefährlich hier
Nein
Hörst du nicht?
Doch ich höre
Steh auf
Warum?
Weil er kommt
Das ist gut
Nein
Aber darauf habe ich doch gewartet

3

Wenn die Ketten klirren
Die Glocken läuten
Die Toten auferstehen
Und der Bäcker kein Mehl mehr hat
Dann ist die Zeit reif
Für den Untergang

4

Komm zurück, es ist schön hier
Ich will nicht
Es ist gefährlich
Ist es nicht
Hör auf damit
Womit denn
Du weißt was ich meine
Ich lache doch nur
Wie kannst du jetzt nur lachen
Weil ich gehe

5

Sie tanzt wie ein einsamer Schwan
Mit gebrochenen Flügeln
Sie tanzt so leicht über den Boden
der mit Glasscherben bedeckt ist
Ihr Gesicht ein wunderschönes Lächeln
Die Maske die sehr bald brechen wird

Jetzt der Sprung so elegant
Sie wird fallen
Wohin gehst du
Weiter

Heimweg

Lona Weis

Mit starken, selbstbestimmten Schritten marschierte Caro die Einkaufsstraße entlang.

Alle paar Momente zupfte sie an ihrem Rock und kontrollierte, ob er noch alle Stellen bedeckte, die er auch bedecken sollte. Sie überlegte, ob sie lieber ihre alten Jeans hätte anziehen sollen. Oder vielleicht einfach ihre Jogginghose? Jede Person, die vorbeikam, versuchte unter ihren Rock zu blicken. Oder vielleicht doch nicht? War sie schon so paranoid? Caro versuchte, sich auf die Musik aus ihren Kopfhörern zu konzentrieren und diese Gedanken zu vergessen.

Nachts wirkte die Einkaufsstraße mit ihren beleuchteten Häusern und dunklen Geschäften ewig lang, fast unendlich. Die Menschenmassen waren verschwunden, gelegentlich kamen nur kleine Gruppen vorbei, manchmal auch ein händchenhaltendes Pärchen. Caro blieb kurz stehen, um den Song zu wechseln, als auf einmal ein schrilles Klingeln ertönte – sie schrak auf. Langsam drehte sie sich im Kreis und beobachtete das Geschehen auf der Straße. Das Klingeln war bloß ein Fahrradfahrer, der es wieder viel zu eilig hatte. Caro ging weiter, im Rhythmus der Musik.

Die Häuser und Geschäfte ließ Caro hinter sich, bis sie endlich die nächste große Straße überquerte und in einer überdachten Straßenbahnstation stehen blieb. Hier war es weniger ruhig; Autos rasten vorbei, Straßenbahnen fuhren ein und wieder aus, der Bass dröhnte aus dem Club gleich hinter ihr.

In der Station selbst war jedoch sehr wenig los. Eine obdachlose oder nur betrunkene Frau lag auf einer Bank, sonst war da nichts. Caro betrachtete die Frau ganz genau und konnte Löcher in ihrer Hose und Flecken auf ihrer Jacke entdecken. Ob sie nur betrunken oder tatsächlich obdachlos war, blieb unklar.

Zu den Füßen der Frau stand ein Plastikbecher, der zu einem Achtel mit Münzen gefüllt war. Am Rand klebte ein kleines Schild. „Ist für Bier. Bitte nicht aufwecken!“ Caro beobachtete die Schlafende noch eine Weile, bis ihr Blick hin zur Anzeigetafel wanderte. Linie 2, die einzige Straßenbahn, die sie nicht nehmen konnte, kam in drei Minuten, alle anderen brauchten noch eine halbe Ewigkeit. „Typisch“, dachte Caro. Während sie wartete, schaute Caro wieder der Frau auf der Bank beim Schlafen zu.

Die Linie 2 fuhr in die Station ein und drei Männer stiegen aus. Sie waren ziemlich sicher betrunken. Caro sah zu Boden und machte sich klein, zog ihren Rock ein Stückchen weiter hinunter und versuchte nicht aufzufallen. Die Straßenbahn verließ die Station, die drei Männer auch. Es blieben nur Caro und die Frau.

Irgendwann später kam die nächste Straßenbahn. Bevor sie einstieg, versicherte sich Caro, dass die Frau neben ihr noch atmete, ließ einen Fünf-Euro-Schein in ihren Becher fallen, dann stieg sie in die Bim.

Ein Mann mittleren Alters saß gleich neben der Tür, eine Gruppe Teenager am Ende des Waggons und in der Mitte ein junger Mann. Caro beschloss, sich in die Nähe der Teenager zu setzen, die unglaublich viel redeten und dabei nichts sagten.

Der Typ in der Mitte des Waggons beschäftigte sich

mit seinem Handy und der mittelalte Kerl neben der Tür lächelte Caro mit einem schmierigen Lächeln an, das der Welt seine verfaulten Zähne offenbarte. Caro zupfte an ihrem Rock herum, aus Angst, die Menschen in der Straßenbahn, speziell der Mittfünfziger, könnten ihre Unterwäsche sehen. Wie auf Knopfdruck sah sie einen unförmigen Klotz mit der Stimme ihrer Mutter vor sich: „Du bist jetzt kein Mädchen mehr, Caro, du bist eine Frau." Der Klotz nahm nun auch das Gesicht der Mutter an. „Du musst jetzt auf dich aufpassen. Zieh keine zu kurzen Röcke an, sonst passiert noch etwas." Caro würde sich noch jahrelang an dieses Geburtstagsgespräch erinnern, und jahrelang würde sie es nicht verstehen können. Denn was sollte das schon heißen: „Du bist jetzt eine Frau."? Sie war doch immer schon eine Frau. Das änderte sich doch nicht mit ihrem fünfzehnten Geburtstag. Früher interessierte es niemanden, ob sie eine Frau, ein Mann, irgendetwas dazwischen oder nichts von all dem war. Aber auf einmal bestand ihr Leben aus Kleidungspredigten und Selbstverteidigungskursen, die über Ängste sprachen, die sie noch nie zuvor gehabt hatte.

„Caro, hör mir doch zu!", brüllte der Mutterklotz, „Menschen können grausam sein. Ich will doch nur, dass dir nichts passiert!"

Caro schaute wütend aus dem Fenster und schüttelte den Mutterklotz aus ihren Gedanken. Als sie aber noch immer den Blick des Alten auf ihrer Haut spürte, musste sie zugeben, dass ihre Mutter recht hatte, leider. Aber das war so ungerecht! Niemand sollte ihr sagen, was sie anziehen sollte und wie sie sich zu verhalten hatte! Man musste nur endlich den ranzigen Männern dieser Welt klarmachen, dass ein kurzer Rock keine Einladung war. Nur eine ausgesprochene Einladung ist auch eine Einladung!

Fast hätte Caro ihre Station verpasst. Kurz bevor die Straßenbahn stehen blieb, zog sie wieder ihren Rock nach unten, nahm vorsichtshalber ihren Schlüssel aus der Tasche und klemmte ihn fest in ihre Faust. (Das war einer der wenigen hilfreichen Tipps aus dem Selbstverteidigungskurs.)

Die Nachbarschaft war wie leergefegt. Caro entschied, den langen, hell beleuchteten Weg nach Hause zu nehmen und krallte ihre Finger noch kräftiger um ihren Schlüssel. Auf einmal hörte sie Schritte. Sie drehte sich um und der gaffende Kerl aus der Straßenbahn war hinter ihr. Das konnte doch nicht wahr sein. Was wollte der? Caro legte an Tempo zu und machte größere, schnellere Schritte. Sie versuchte, stärker aufzutreten und zu signalisieren, dass sie keine Angst hatte, obwohl das gar nicht stimmte. Auch der Alte hinter ihr wurde schneller. Er trug eine Baseballkappe, einen blauen Parka und eine graue Jogginghose. Hunderte Meter später verfolgte sie der Mann noch immer, Caro bog scharf um die Ecke, in eine kleinere Gasse. Sie spürte, wie ihr Herz raste. Was würde jetzt passieren? Was, wenn der Mann sie erreichte? Würde er sie anfassen? War er stärker als sie? (Ziemlich sicher war er das.) Caro umklammerte ihren Schlüssel immer fester und erinnerte sich an den Selbstverteidigungskurs aus der Schule. Sie musste ihm den Schlüssel ins Schlüsselbein rammen und so schnell laufen wie nur möglich. In ihrem Kopf spielte sie jede Bewegung ganz genau ab, wie eine Wiki-How Anleitung. Sie wäre jetzt bereit. Wieder drehte sie sich um und konnte den Mann hinter sich sehen. Nun fischte sie mit ihrer freien Hand ihr Handy aus der Jackentasche und täuschte ein Telefonat vor. „Ja, ich bin gleich zu Hause“, sagte sie mit zittriger Stimme. „Wartest du vor der Haustür auf mich? Perfekt! Ich freu mich auf dich!“ Sie ging weiter, lief förmlich, mit dem Mann noch immer dicht an ihren Fersen. Ihre Hände trieften vor Schweiß und die scharfen Kanten ihres Schlüssels bohrten sich in ihre Handfläche. Auf der anderen Straßenseite kam ihr auf einmal eine junge Frau mit Hund entgegen. Caro rannte auf sie zu und rief: „Marie! Schön dich zu sehen! So ein Zufall, dass du da bist!“ Sie drehte ihren Kopf in die Richtung des Mannes, dann zurück zur Hundebesitzerin und schüttelte kräftig den Kopf. Ihre Augen waren voller Angst, ihr Atem unregelmäßig. Die Hundebesitzerin schien sofort zu wissen was Sache war und umarmte sie.

„Und ich dachte, wir treffen uns zu Hause! Komm, wir gehen zusammen.“ Caro umarmte die Fremde mit all ihrer Kraft, den Schlüssel noch immer fest in ihre Hand gedrückt. Der Hund bellte den Mann an, der plötzlich stehen blieb und in einer Seitengasse verschwand.

„Er heißt übrigens Erik“, sagte die Frau auf den Hund zeigend, „und ich bin Lilli, nicht Marie.“ Sie lächelte.

„Danke für gerade eben! Ich weiß nicht, was passiert wäre, hätte mich der alte Sack noch eingeholt. Ich will es lieber nicht wissen.“ Auch Caro versuchte zu lächeln, nur wollte es ihr noch nicht ganz gelingen.

„Das ist doch selbstverständlich. Wir Mädels, wir müssen doch zusammenhalten. Zeig uns den Weg, wir bringen dich jetzt nach Hause.“

Der Hund trabte jetzt ruhig neben ihnen her und blieb immer wieder stehen, um am Urin seiner Artgenossinnen zu schnüffeln.

Die drei waren an Caros Haustür angekommen.

Lilli schrieb mit einem Eyeliner aus ihrer Jackentasche ihre Handynummer auf Caros Hand: „Falls du irgendwann einmal Lust hast, gemeinsam Gassi zu gehen.“ Caro verabschiedete sich von Erik und seinem Frauchen und öffnete ihre Haustür.

Bei all der Aufregung hatte sie vergessen, wie müde sie eigentlich war. Sie ging die Stiegen hinauf bis zu ihrer Wohnungstür, sperrte auf und brach ganz kurz und leise in Tränen aus. Die mussten einfach raus. Nachdem der Schnodder weg war, löste sie endlich ihre Finger von ihrem Schlüsselbund und betrachtete die Druckstelle in ihrer Hand. Ihr Blick fiel auf Lillis Telefonnummer und sie tippte sie gleich in ihr Handy.

Als Caro in ihrem Bett lag, hielt sie die Augen noch für einen kurzen Moment offen, dann träumte sie bereits von einem Hund, der so ähnlich aussah wie Erik.

Tag für Tag

Lea Cucek

Jeden Tag um exakt acht Uhr dreißig fährt sein Zug ab. Bahnsteig 1A, der Bahnsteig mit dem Automaten, der Automat mit dem Wasser, das Wasser mit den Perlen.

Die Steine, die den Boden bilden, sind grau, die Uhr hängt über dem Automaten, neben dem Schild mit der Aufschrift 1A, weiße Buchstaben auf blauem Hintergrund, gelbe Markierungen gegen das Fallen auf die Schienen, sein Anzug ist grau, passt zum Boden, die Uhr an seiner linken Hand grau, ganz schrecklich prollig, sein Handy in der rechten Hand zeigt beflissen die Temperatur an, es hat 20 Grad.

Er steigt in den Zug, es ist nämlich acht Uhr dreißig. Die Tür geht auf. Es riecht unangenehm. Die Toilette wird gerade geputzt, alles gut. Er lässt sich nieder auf dem üblichen lichtüberfluteten Platz, eine Zeitung bereits zu seiner Rechten. Er legt seinen Aktenkoffer neben sich auf den Sitz, er glänzt. Schwarzes Leder glänzt. Der Blick geht aus dem Fenster, als der Zug losfährt, pünktlich um acht Uhr vierzig, und ihn sanft in den Sitz drückt. Die üblichen gestressten Geschäftsleute, die Schüler, der eine oder andere Tourist, der es sich anscheinend leisten kann, jetzt Urlaub zu machen. Er könnte es sich natürlich auch leisten, jetzt eine Reise zu unternehmen, aber er fühlt sich an seinem Arbeitsplatz viel zu wohl, wo er unter Gleichgesinnten ist.

Ein junges Mädchen taucht auf, wie immer, will seine Bestellung aufnehmen. Höflich lächelnd, mit engelsgleicher Stimme fragt sie, was es sein darf, ihre Haare sind zu einem engen Zopf geflochten, ihr grauer Rock reicht bis zur Mitte ihrer schlanken Oberschenkel. „Einen Kaffee bitte, mit Zucker, schwarz“, sagt er. Die freundlichen Augen des Mädchens wandern auf ihr Display, wo sie Bestellungen vermerkt. „Einen Augenblick, bitte!“ Sie lächelt dem Fahrgast erneut freundlich zu, er nickt. Fast wäre er schon zufrieden, aber da ist etwas, etwas an ihr. Wieso grinst sie so blöd, wenn etwas an ihr ist? Sie scheint ein wenig Mühe zu haben mit dem Gerät in ihrer rechten Hand. „Haben Sie mit Zucker gesagt?“, fragt sie etwas hilflos, jedoch immer noch freundlich. Er antwortet nicht. Seine Augen wandern weit weg, von dem Lächeln, das ihn zuvor so zufriedengestellt hatte. Er neigt dazu, Personen zu bewerten, über sie zu urteilen. Seine Blicke wandern die langen Beine der Kellnerin entlang, die verschreckt zurückweicht. Er bemerkt nicht das Unbehagen, das er in ihr auslöst, da ist nur das nackte Bein und der Rocksaum. Mit jedem ihrer Atemzüge scheint er zu wandern, der Rocksaum. Er hört ihren Atem allerdings nicht mehr, es existiert nur der Rocksaum. Ihm hat es noch nie gefallen, wie sich junge Mädchen kleiden, viel zu aggressiv, zu wild, zu aufmüpfig.

„Mit Zucker?“, fragt sie nochmal. Sie steht jetzt weiter entfernt von ihm. Er erkennt keinen Sinn im Hochsehen, er würde ihr Gesicht nicht wahrnehmen. Sie wird zum Rocksaum, sie ist der Rocksaum. Der Rocksaum macht kehrt, um die Bestellung weiterzureichen.

Seine Augen wandern wieder aus dem Fenster, der Zug befindet sich bereits am Stadtrand. Er sieht die Altbauten, die ersten Einkäufer, ein paar Geschäftsleute, so wie er. Der Zug fährt in den ersten Bahnhof ein. Wieder Schüler, Geschäftsleute, und auch wieder ein paar Touristen. Fast wirkt es so, als würde er um Luft ringen, wie er nach der Tasse fischt. Es ekelt ihn an. Da sitzt der Bettler, der Bettler, der immer hier sitzt. Er schaut ihn immer genau an. Immer genau. Er weiß über sein Auftreten, seine Bewegungen, seine Bitten, die Leute sollen ihm Geld einwerfen. Er sitzt immer auf einer grauen Decke, hält einen leeren, schmuddeligen Kaffeebecher in der Hand, sein Blick traurig, trüb, fast leer. Wenn ein Blick eines Menschen fast leer sein kann, dann der Blick eines Bettlers, denn wäre er ganz leer, würde es einem Aufgeben gleichkommen, der Becher würde sich senken. Heute ist irgendetwas an ihm anders, er weiß nur nicht was. Wäre es die Decke, eine neue Decke, das würde seinem geschulten Auge zweifelsohne unverzüglich auffallen, es ist etwas Fundamentaleres anders. Es ist etwas anders an ihm, etwas das man nicht fassen kann, ihm nicht entreißen. Er kennt das Verhalten der Bettler gut, meint er, er war oft in Rom. In Rom, wo es viele Bettler gibt. Sie sitzen am Boden, auf farblosen Decken, halten einen Becher in der Hand, blicken zu Boden. Manche zittern. Wie dieser Bettler eben. Würde er allerdings in seiner heutigen Verfassung in Rom sitzen, würde es auffallen, er würde auffallen, er würde Befremden hervorrufen.

Da kommt der wandernde Rocksaum wieder auf ihn zu. Man hat ihn nicht zurecht gezupft. Er sieht nicht den dampfenden Becher Kaffee in ihrer zierlichen Hand, da ist nur der Saum. Sie stellt ihm den Becher vorsichtig hin, wartet geduldig auf ihren Kunden, der durch Hüsteln und Grummeln dem Mädchen ein Signal zu vermitteln versucht. Es schmerzt einen, dies anzusehen. Sie zupft nicht mal an ihm. Er mustert ihre Oberschenkel von oben bis unten, fährt mit seinen verstörten Augen die glatte Haut entlang. Sie, oder besser der Rocksaum entschlüpfen seinen Blicken, seine Augen fallen auf den sauberen Teppichboden, der vertraut nach Plastik riecht, seine Augen zwei Elektronenmikroskope. Sie gehört nicht hier her.

Er erinnert sich nur düster an den Moment, weshalb er ihm jetzt einfällt, weiß er nicht. Er denkt an einen Maitag, einen Maitag in einem Park, welcher Park es war, weiß er nicht, dort, wo er immer jeden Samstag hingegangen ist, jeden Samstag hingegangen, bevor er sich seine Arbeit eingefangen hat. Es waren einige seltene Stunden, in welchen er nicht in schickem Gewand steckte, seinen Blick nicht gesenkt hatte und, glaubt man es oder nicht, er hat es nicht genossen. Er hat es nicht genossen, es nur jedes Mal gemacht, da er einmal damit angefangen hat an einem sonnigen Maitag, da war es eben Samstag. Zurück zu jenem Maitag. Er hat das Gespräch eines jungen Pärchens aufgeschnappt, der Mann bestand darauf, eine weitere Stunde im Gras liegen zu bleiben, die Frau war darauf erpicht, einen Kaffee trinken zu gehen. Er ist, er weiß nicht mehr wieso, langsamer geworden, hat sich auf die beiden konzentriert. „Es ist hier so brütend heiß!" „Komm, ein Stündchen noch." „Jetzt vorne einen Kaffee, dann heim." „Es ist hier so schön, wir setzen uns in das Kaffeehaus?" „Überall Bienen und brütende Hitze. Wir gehen jetzt." Die Frau ist einfach aufgestanden, hat das Handtuch ausgebeutelt, es in die Strandtasche gesteckt, ist vorangegangen, der Mann ihr nach. Er weiß wieder, weshalb er sich gerade an dieses Szenario erinnert. Dasselbe Gefühl, das er nun empfindet, verspürte er damals auch. Das Gefühl passt sich der befremdlichen Situation an, denn die Situation ist ebenfalls befremdlich. Er will jetzt einfach nach Hause, er nimmt einen Schluck. Zu Hause würde es nämlich gerade keine wild wandernden Rocksäume geben, keine Auslöser für beklemmende Erinnerungen.

Zwei Personen kommen auf ihn zu, die müssen sich im Abteil geirrt haben. Der Zug bewegt sich vorwärts, seine Gedanken zurück zum Bettler. Er hat glücklich gewirkt heute, fast zuversichtlich, und das nur, weil er sich mit einem gut gekleideten Mann unterhalten hatte, der ihm Geld in den abgenutzten Becher geworfen hatte. Ist es das, was heute so befremdlich an ihm wirkte? Wahrscheinlich. Würde man den Bettler heute nach Rom bringen, es würde bei den Touristen und den Römern Befremden auslösen. Er meinte sogar, die Leute würden sich das Maul zerreißen, die Presse würde auf ihn fliegen, auf den Mann, der sich mit einem anderen Mann unterhält.

Ohne Mutter sitzt deine Schraube locker

Amelie Frikell

Er dachte schon, sie hätte ihn vergessen. Niemand hätte es ihr übelgenommen. Schließlich war er kein Schrank. Eher hatte er die Maße eines Beistelltischchens: 1,20 x 0,40 m. Er war das IKEA-Paket, das locker in den Kofferraum passte. Das man zunächst zur Seite stellte, um erst alles andere unterzubringen. Das, wenn man jubelnd mit vollem Kofferraum wegfuhr – oh Wunder: es hatte alles hineingepasst! – stehen blieb. Das konnte passieren. Die Frage war, ob man es zu Hause vermissen würde oder ob man es aus gutem Grund vergaß. Vielleicht würde man ein paar Tage später wiederkommen und nach dem Beistelltisch suchen und ihn holen wollen. Oder vielleicht hätte sich schon ein anderer über ihn gefreut. Problematisch wurde es, wenn man etwas Lebendiges erworben hatte. Eine Zimmerpflanze zum Beispiel oder einen Sohn. Denn wenn man die stehen ließ, dann konnte es sein, dass sie bereits tot waren, bis man sich erinnerte. Es sei denn, es regnete oder jemand anders kümmerte sich um ihn.

Karl dachte, seine Mutter hätte ihn vergessen und noch schlimmer, seinen Geburtstag. Den Tag der Abholung. Wenn sie sich nicht mal mehr daran erinnerte, dass sie mal nen Karl aus dem Småland abgeholt hatte, dann würde sie auch nie zurückkehren können, um ihn doch noch abzuholen, egal ob es in der Zwischenzeit geregnet oder sich jemand gekümmert hätte.

Aber jetzt spielte das alles keine Rolle mehr, denn sie war gekommen. Wer sonst konnte wissen, dass er jeden Freitag auf diesem Weg von der Schule nach Hause ging, damit er allein sein konnte? Wer sonst wusste, dass Karl nichts mehr als Rätsel liebte? Wer sonst konnte die orangenen Luftballons, die bunten Kreidepfeile und die Hinweiszettel in 1,10 m Höhe inszeniert haben? Solche Dinge konnte nur eine Mutter wissen.

Karl lächelte. Sie war gekommen, um ihm einen schönen Geburtstag zu bescheren. Sie hatte ihn nicht vergessen. Karl grinste und stürmte los, immer den Pfeilen nach, immer seiner Mutter entgegen. Er zählte Laternen, kletterte am Spielplatz auf den höchsten Punkt und fragte eine fremde Person nach dem Weg. Er fand Gummibärchen als Köder, doch mit einem Mal ebbte seine Euphorie deutlich ab. Geh nie mit Fremden mit, die dich mit Gummibärchen locken, hatte er die Stimme seines Vaters im Kopf. Ich mag doch gar keine Gummibärchen, hatte Karl damals geantwortet. Das gilt auch für Schokolade, Hundewelpen und Raumschiffe, hatte sein Vater ihm eingebläut. Rätseljagden hatte er zwar nicht erwähnt, aber Karl hatte die Botschaft verstanden. Doch das hier war etwas völlig anderes! Schließlich war seine Mutter ja keine Fremde oder zumindest nur so halb. Dass sie nicht wusste, dass er keine Gummibärchen mehr mochte, machte sie zu keiner Unbekannten! Schließlich hatte sein Vater ihm heute zum Geburtstag auch ein Trikot von Messi geschenkt, den er schon lange nicht mehr cool fand und außerdem kannte er auch nicht die Lieblingssüßigkeit seiner Lehrerin!

Dennoch die Euphorie hatte sich gelegt. Schade, dass er an einem Freitag Geburtstag hatte. An einem Donnerstag wäre er mit seinem Freund Konstantin nach Hause gegangen, und zu zweit hätte das Ganze dann doch wesentlich mehr Spaß gemacht. Andererseits war Konstantin manchmal ein wenig schwer von Begriff und kein besonders ausdauernder Läufer. Um seinen Vorteil zu nutzen, zog Karl das Tempo noch ein letztes Mal an.

Endspurt. Es konnte nicht mehr weit sein, er konnte sie schon riechen. Karl raste um die letzte Kurve und in voller Geschwindigkeit an ihr vorbei.

Doch als er sich umdrehte und fröhlich mit den orangen Luftballons winkte, zeigte sie keine freudige Reaktion. Diese Frau hier war doch nicht seine Mutter. Sie war ihr zwar ähnlich, aber sie war eine Fremde. Mit Sicherheit jedoch war sie die Mutter eines Sohnes, der eine Schnitzeljagd zu seinem Geburtstag verdient hatte, und er war der Sohn einer Mutter, deren Sohn gerade eben jene Schnitzeljagd zerstört hatte, weil er sich selbst zu wichtig nahm.

Abschied

Sonja Hirnschal

„Wieso verlässt du mich?"

Wir standen an der Klippe und ich hielt ihre Hand. Sie war weich, wie immer. Sie cremte sie jeden Tag mit der Salbe ein, die so gut nach Lavendel roch. Mit jeder Minute, die verging, rutschte meine Hand ein Stück weiter aus ihrer. Meine Augen wurden glasig, denn ich wollte nicht blinzeln. Ich wollte keine Millisekunde verschwenden und mir dieses letzte Bild von ihr so einprägen, dass ich es nie vergaß.

„Omi! Omi!", rief ich und rannte mit einem Lächeln bis zu den Ohren zu ihr. „Schau, Schau!" Ich drückte ihr eine Zeichnung, die ich in der Schule gemacht hatte, in die Hand. „Das bist du...", ich zeigte auf eine mittelgroße und etwas älter gezeichnete Frau mit einem Grinsen. „Und das bin ich", mein Finger rutschte auf dem Blatt zu der kleinen Kreatur daneben. „Ich hab dir sogar ein Rapid-Armband gezeichnet", lächelte ich sie stolz an.

Sie liebte Rapid.

„Musst du denn gehen?", meine Augen wurden immer glasiger, diesmal aber von den Emotionen, die mich überwältigten. So langsam realisierte ich erst, was gerade wirklich passierte. Ich wollte es nicht wahr haben. Ich wusste, es würde kommen, aber ich dachte nicht, dass der Zeitpunkt so schnell da sein würde. Ich schloss meine Augen und sah zu Boden. Das ist nicht real, ich träume bestimmt nur. Es ist wahr, ich träumte nur. Ich erträumte mir einen Moment, in dem sie noch da war, einen Moment, in dem ich sie noch bei mir hatte, ihre Nähe und Wärme spüren konnte. Aber mir wurde immer kälter.

Wir saßen alle zusammen in der Straßenbahn auf dem Weg zum Zoo. Nicht allzu oft hatte ich die Möglichkeit sie zu sehen, aber wenn, dann machten wir meistens einen Ausflug in den Tiergarten. „Omi! Omi! Schau mal, ein Affe!“, sagte ich voller Begeisterung und zeigte wie wild auf das Gehege der Totenkopfaffen. Sie sah zu mir herunter und lächelte und führte dann ihre Konversation mit meiner Mutter fort, während ich immer noch bei dem Gehege stand und wie gefesselt die kleinen Tierchen beobachtete. „Nun kommst du schon?“ Mein Dad schaute mich an und ging dann weiter, ich ihm hinterher. Wir setzten uns alle auf eine Bank und machten eine Pause, doch ich konnte nicht sitzen, ich war zu aufgeregt und wollte sofort wieder zu den nächsten Tieren. Am Ende des Tages holten wir uns noch ein Eis, denn das war Tradition.

„Nun sag doch was!“, ich verzweifelte, doch sie lächelte mich bloß an. Der Wind wehte mir einen Teil meiner Haare ins Gesicht und normalerweise würde ich ausrasten deswegen. Allerdings hatte ich das komplett ausgeblendet. Mein Herz schmerzte mehr von Sekunde zu Sekunde, von Moment zu Moment und meine Augen brannten. Ich schüttelte den Kopf, wollte nicht wahrhaben, was sich gerade abspielte, dachte, wenn ich es ignoriere, würde es nicht passieren.

Seit ich denken kann, gingen wir jedes Jahr in den Sommerferien mit Großmutter und Großvater auf eine Alm, so auch dieses Jahr. Ich hatte meine ersten Wackelzähne und das passte mir gar nicht. Ich musste den anderen zusehen, wie sie ihr Essen genüsslich verspeisten, während mir das Wasser im Mund zusammenfloss. Dann machte mir meine Oma weiche Eier, eine so kleine aber von Herzen kommende

Geste. Viele würden vielleicht nicht viel hineininterpretieren, aber für mich war diese Geste nicht zu vergessen.

„Wieso verlässt du mich?“, meine Stimme hob sich, mittlerweile berührten sich nur mehr unsere Fingerspitzen und ich wusste, bald ist es vorbei. Bald stehe ich hier allein auf der Klippe.

Ich lehnte meinen Kopf an die Fensterscheibe und starrte auf den Fahrersitz. Wir waren gerade auf dem Weg zur Omi, wollten sie noch so oft wie die Zeit uns die Chance gab besuchen. Jedes Mal hatte ich Angst, es wäre das letzte Mal. Ich schaute auf mein Handy und spulte jedes Lied, das mir zu traurig war vor. Ich fühlte mich schon schlecht, es gab keinen Grund, es schlimmer zu machen. Endlich kamen wir an. Meine Großeltern hatten eine sehr kleine Wohnung, sie hatten nicht einmal genug Stühle für uns alle. Ich saß in Omas Rollstuhl, meine Schwester am Boden und mein Bruder auf einem Gymnastikball. Aber es war mir egal. Wenn es nach mir ginge, hätte ich auch die ganze Zeit stehen können, aber Großmutter schaute immer darauf, dass wir uns alle wohl fühlten.

„Bleibe!“ Ich wusste nicht, wieso es schon so bald geschehen musste.

Aber ich wusste schon immer: Jeder Mensch hat seine Macken, auch sie. Ich bekam immer neue Geschichten von meiner Mutter erzählt, und auch neue Sichtweisen. Sie waren nicht immer die Besten und ich wusste, es gab noch so viel, was ich nicht wusste.

„… Wieso… wieso verlässt du mich?“, anders als vorher war meine Stimme jetzt nur mehr schwach und fast nur mehr ein Krächzen. Meine Miene war eisern, ich starrte sie an. Ich spürte den salzigen Geschmack, den ich so verabscheute, in meinem Mund. Meine Augen brannten und waren rot, meine Nase rann. Sie lächelte mich ein letztes Mal an. *Wenn uns ein Mensch verlässt, mit dem wir uns eng verbunden fühlen, ruft die Liebe alles Schöne, das wir gemeinsam erleben durften, in unser Herz.*

„Ich verlasse dich nicht, ich gehe nur vor", sie verschwand langsam. Ihre Stimme klang so zart, ich sah ihr nach und jetzt wurde mir klar, dass ich die ganze Zeit allein auf der Klippe stand. Sie war weg, sie war es schon längst. Wenn du wüsstest, wie sehr ich dich vermisse.

So nah wie Sterne

Agnes Wolf

„Schau in die Sterne und du siehst die Vergangenheit. Ein Licht am Nachthimmel kann viel bedeuten. Vielleicht ist es ein strahlender Stern, hunderte Lichtjahre entfernt, oder ein sterbender, oder ein bereits erloschener Stern und wir sehen nur sein letztes Aufleuchten. Das Universum ist unendlich, doch dehnt es sich aus, es ist voll von Sternen, Galaxien und Millionen von Sonnensystemen, es ist unmöglich zu begreifen und immer, wenn ich mir das bewusst mache, fühle ich mich unfassbar klein und unbedeutend."

„Du weißt aber schon, dass das ein Hubschrauber ist, oder?" Ich schmunzle ihn an.

„Oh ja, stimmt." An seinem verlegenen Gesicht kann ich erkennen, dass ihm seine Worte jetzt peinlich sind. Er weiß nicht, dass ich mich im Grunde genauso fühle wie er. „Aber ich kenne dieses Gefühl, auf eine seltsame Art beruhigt es mich auch zu wissen, dass meine Existenz keine Bedeutung hat und meine Probleme, wenn ich mir das Universum vorstelle, unwichtig erscheinen", sage ich.

Er lächelt jetzt. Es hat mich sofort berührt dieses Lächeln, schon als ich ihn dort stehen sah, auf der anderen Seite der Wiese. Er war kein Eindringling, wie er dort stand, fasziniert von meinem kleinen Paradies. Es war eher, als würde er dazugehören. Hierher, zu mir, und als hätte er vorher gefehlt. Eine Weile habe ich ihn beobachtet, wie er sich umsieht und den Ort auf sich wirken lässt, dann haben sich unsere Blicke getroffen, ein kurzes Zögern und auf einmal dieses Lächeln, in diesem Moment bin ich erstarrt. Er kam zu mir rüber und sprach mich an, einfach so. Wenn ich jetzt darüber nachdenke, dass ich da irgendwo auf einer Wiese im Wald saß, mitten in der Nacht und die Sterne anschaute und dann kommt ein fremder Mann zu mir und spricht mich an, ich denke, das wäre der perfekte Anfang für einen Horrorfilm. Aber in dem Moment war es das Normalste auf der Welt. Er kam zu mir rüber und stellte sich vor und wir kamen ins Gespräch. Über Gott und die Welt, wie man so schön sagt, über seine Probleme und meine, und dann schauten wir wieder gedankenverloren in die Sterne, irgendwie wusste ich damals schon, dass das erst ein Anfang war.

Heute schaue ich in die Sterne und versuche die Vergangenheit zu sehen. Ich schaue nach rechts, aber du bist nicht da, keine strahlenden Augen und kein Lächeln. Ich hebe meine verschrumpelten Hände und streiche mir eine Haarsträhne aus dem Gesicht. Jetzt fehlst du einfach, die Wiese kommt mir leer vor. Mein Blick gleitet wieder in den Nachthimmel.

Ich bin wieder zwanzig Jahre alt. „Na du?“, erschrocken schaue ich hoch und blicke in Henrys Gesicht. Ich gebe es zu, innerlich habe ich gewartet. Naja, ich hatte eigentlich auch nichts anderes zu tun, als auf meiner Wiese zu sitzen und Gedanken freien Lauf zu lassen, so wie immer. Der große Unterschied ist, dass ich früher einfach da gewesen bin und heute habe ich gewartet und gehofft, sein Gesicht zu sehen. Und da ist er. Seine blauen Augen mustern mich abwartend. Ein lahmes „Hey“ bringe ich mit rauer Stimme heraus und rutsche etwas beiseite, damit er sich auf die Decke setzen kann, die ich immer dabeihabe, wenn ich herkomme. Jetzt lächelt er, und mir wird wärmer. Reiß dich verdammt nochmal zusammen, erinnere ich mich selbst. „Was hast du heute so gemacht?“ Ich versuche, nicht das zu sagen, was mir als Erstes in den Sinn kommt, nämlich ich habe hier gesessen und auf dich gewartet, sowie gestern und vorgestern und die ganze Woche davor. Wir haben es zwar nie vereinbart, aber von dem Tag an, als wir uns kennenlernten, trafen wir uns hier an meinem Ort. Jeden Tag, es war eher wie eine stille Übereinkunft, am Tag nach unserer ersten Begegnung. Ich war da auf der Wiese und als er kam und mich anschaute wusste ich irgendwie, dass er morgen auch kommen würde und am Tag darauf, trotzdem war die Angst, dass er mal nicht auftauchen würde, immer in meinem Hinterkopf. „War ein ziemlich normaler Tag, eigentlich war ich nur in meinem Zimmer und habe gelernt.“ Ich weiß nicht, ob ich ihn auch fragen soll, was er heute gemacht hat, aber ich denke, er würde ausweichen, um möglichst wenig über sich preiszugeben, so wie die letzten Tage. Ich weiß, dass er vor einem Jahr mit seiner Mutter und Schwester von England nach Wien kam, um hier bei seiner Tante zu leben. Er hat mir das vor ein paar Tagen in einem seiner offenen Momente erzählt. Mehr weiß ich nicht. – Aber ihr kennt euch auch erst seit einer Woche – rufe ich mir ins Gedächtnis. Wir reden noch etwas, schauen aber die meiste Zeit auf die Wiese oder in den Himmel oder einander an. Ich mag es, eine Person auf der Welt zu haben, mit der ich still sein kann. Irgendwann breche ich die Stille: „Was willst du später einmal machen?“, frage ich geradeheraus, obwohl ich nicht weiß, wie er auf die Frage reagieren wird. „Bitte?“, sagt er und schaut mich fragend an.

„Naja, ich meine, was willst du machen, erleben, wo soll dein Leben hingehen, was ist dein Ziel?“ Henry überlegt einen Moment, schaut in den Himmel und dann wieder zu mir, dann antwortet er: „Ich will in Norwegen die Nordlichter sehen, in Sri Lanka die Elefanten beobachten, in Island in den heißen Quellen schwimmen und in Afrika auf Safari gehen, am Rande des Grand Canyon stehen und hinunter brüllen und in Costa Rica den Dschungel erkunden, ich möchte in Schottland im Loch Ness schwimmen und in Australien am Great Barrier Riff tauchen. In Neuseeland möchte ich einfach die Natur genießen und in Ägypten durchs Tal der Könige gehen. Durch Venedig möchte ich in einer Gondel fahren und auf den Malediven aus einer Kokosnuss trinken und die Niagara Fälle, die möchte ich auch sehen, und noch so viel mehr. Auf alle möglichen Arten möchte ich die Welt bereisen, ob im Van oder am Segelschiff, ich möchte alles sehen, und dann suche ich mir den schönsten Strand, den ich finden kann und liege dort die ganze Nacht unter dem Sternenhimmel."

Meine Lider sind schwer. Ich reibe mir übers eingefallene Gesicht. So viel haben wir gesehen und zu viel erlebt, heute bin ich müde. Ich darf noch nicht einschlafen, es gibt zu vieles, an das ich mich erinnern möchte, zu viele Abenteuer, die wir erlebt haben. Tausende Worte, Lächeln und Berührungen, die nicht vergessen werden dürfen. Du darfst nicht in Vergessenheit geraten, aber wie könntest du auch, solange ich noch da bin, denn alles, woran ich denke, bist du und das Leuchten in deinen Augen, wenn du von deinen Träumen gesprochen hast.

„Hast du es getan?" Er schaut mich erwartungsvoll an. „Ja, und du?" „Ich auch." Jetzt strahle ich ihn an und er grinst, von einem Ohr zum anderen. Er hat seiner Familie von mir erzählt, das heißt jetzt wird alles leichter, für uns beide.

„Wie lief es bei dir?“, fragt er jetzt. „Ganz gut, besser als ich erwartet habe, war kein großes Drama, natürlich waren sie verwundert, aber nicht im schlechten Sinn.“ So hätte ich es mir zumindest gewünscht, ich lasse die Tränen meiner Mutter weg und das Geschrei meines Vaters, er ist so unbekümmert, ich möchte ihm das nicht nehmen. „Und bei dir?“, sage ich deshalb. „Ich hatte, wie du weißt, riesige Angst, aber meine Schwester hat mich sofort umarmt und meine Mutter will dich unbedingt kennenlernen, Tom.“ Mein Puls steigt. Ich soll seine Familie kennenlernen, das hatte ich so schnell nicht erwartet. Wie immer liest er auch jetzt meine Gefühle von meinem Gesicht ab und nimmt meine Hand. „Sie werden dich mögen.“ Es fällt mir etwas schwer ihm zu glauben, aber er wirkt so unglaublich ausgelassen und zufrieden, dass ich meine Sorgen schnell vergesse, ich will diesen Moment mit ihm genießen. Wir liegen da, auf meiner Wiese, die jetzt uns gehört, und schauen in die Sterne.

Ich lächle, wenn ich an den Tag zurückdenke, ich war so glücklich und traurig zugleich. In meinem Leben gab es noch einige solcher Momente, das Verstecken, dann hasserfüllte Blicke, die Beleidigungen. Aber du hast meine Hand gehalten über die ganze Zeit hinweg. Als wir jung waren, war das Leben nicht so einfach.

„Can anybody find me somebody to love?” Irgendwie ironisch denke ich. Ich schaue über den Rand meines Glases zu dir und bemerke, dass du mich beobachtest und jetzt schmunzelst du. Ich habe das Gefühl, ich werde gerade zur Tomate und schaue mich deshalb in der engen Disco um. Es ist voll und riecht nach Zigaretten und Alkohol, auf der Tanzfläche drängen sich die Menschen aneinander, tanzen wild und schreien die letzten Zeilen des Liedes mit, ich bin froh über unseren Tisch in dem Eck. „Magst du die Band?“, fragst du und lenkst so meine Aufmerksamkeit wieder auf dich.

„Ja, Queen hat echt gute Musik, ist mal was anderes, ich würde echt gerne auf ein Konzert von ihnen gehen.“ „Vielleicht irgendwann einmal.“ „Ja, vielleicht.“ Das nächste Lied beginnt und ich sehe, wie du beginnst mit deinem Fuß zu wippen. „Willst du tanzen?“, rufe ich durch den Lärm der Musik. „Was, du meinst wir beide?“ Er wirkt irritiert. „Das merkt doch keiner bei so vielen Menschen.“ Ich hebe mein Glas an die Lippen und trinke es in einem Zug leer, dann ziehe ich ihn mit.

Die Zeit, Körper, Alkohol und Musik verschwimmen miteinander. Bis wir irgendwann, etwas wackelig, nebeneinander auf dem Gehsteig gehen. Es muss spät sein, denn auf den Straßen der Stadt ist nichts los. Der Abstand zwischen uns verkleinert sich und du schiebst deine Hand in meine. Mein Herz macht einen Satz. Es war eine gute Idee von dir hierher zu kommen, um einmal etwas anderes zu machen. Zwei Freunde, die einen lustigen Abend in der Disco verbringen, so wie das die jungen Leute machen, nur sind wir so viel mehr. Der Moment ist perfekt, du und ich gegen den Rest der Welt denke ich. Auf der gegenüberliegenden Seite lösen sich aus den Schatten zwei Gestalten. Ich erkenne ihre Gesichter nicht, aber an der Kleidung weiß ich, dass es sich um einen Mann und eine Frau handelt, sie flüstern leise miteinander und dann lacht die Frau auf. Alle Alarmglocken in meinem Kopf gehen los, meine Mutter. Ich ziehe meine Hand ruckartig aus Henrys und bringe den größtmöglichen Abstand zwischen uns. Ich starre zu Boden und schaue nur kurz in die Richtung des Paares. Im Licht der Straßenlaterne erkenne ich den roten Schal der Frau und ihre schwarzen Haare. Meine Mutter hat weder das eine noch das andere. Ich atme erleichtert aus, nochmal Glück gehabt. Ich schaue zu Henry und will ihm gerade die Situation erklären. Er hat Tränen in den Augen. Mir wird bewusst, was ich gerade getan habe und ich gehe auf ihn zu, ich will nach ihm greifen.

„Ich dachte, es wären meine Eltern“, stammle ich. „Ich dachte, du hast ihnen von uns erzählt.“ Er weicht zurück. „Habe ich, aber weißt du, es ist nicht so einfach, außerdem hätten uns, wer auch immer diese Menschen waren, nicht zusammen sehen dürfen.“ „Du hast mich angelogen, wie soll das weitergehen, wenn ich nicht einmal deine Hand halten darf.“ Du klingst verzweifelt. „Verstehst du nicht, sie hätten die Polizei rufen können.“ Ich bin aufgebracht, du weichst weiter zurück, der Alkohol und meine Reaktion gerade, ich weiß ich habe einen Fehler gemacht. „Ich verstehe sehr gut, was du sagst, wir können nicht zusammen sein.“ Wie angewurzelt bleibe ich stehen.

„Das meinst du nicht so, wir müssen es nur weiter geheim halten, wenn wir unter Menschen sind. Nur weil deine Familie es versteht, heißt das nicht, dass es legal ist“, versuche ich ihn zu beruhigen, ich frage mich wie mein Tonfall bei ihm ankommt. „Das ist es ja, es ist nicht legal, ich weiß nicht, ob ich weiter so leben will, ich möchte mir irgendwann mit jemandem ein Leben aufbauen, heiraten, vielleicht auch Kinder haben, das geht nicht, wenn wir uns verstecken müssen.“ „Aber das möchte ich doch auch und wenn wir nur abwarten, es werden andere Zeiten kommen.“ „Ich weiß nicht, ob wir die noch erleben.“ Damit hast du alles gesagt, du wendest dich ab und lässt mich stehen. Auf dem Weg nach Hause frage ich mich nur eins, warum sind wir nicht auf der Wiese geblieben.

Ich starre auf den Ring an meiner Hand. Die Erinnerungen überfluten mich. Ein ganzes Leben mit dir, Höhen und Tiefen, und dann war es einfach vorbei. Ich bin dankbar für alles, was wir hatten, trotzdem war es nicht genug. Viel zu schnell vorbei, obwohl ich jeden Moment genossen hab, ganz einfach, weil wir zusammengefunden haben. Ich frage mich, wo du jetzt bist, denn ich fühle mich schrecklich einsam. Aber ich weiß, wir sehen uns bald wieder, es dauert nicht mehr lange.

Du liegst neben mir und siehst so unendlich schön aus in deinem Anzug. Das weiche Gras unter uns, der kühle Nachtwind, der die drückende Hitze des Tages vertreibt, die Sterne über uns, alles ist so, wie es sein sollte. Du ziehst mich enger an dich und ich atme tief ein. Es war ein aufregender Tag und auch wenn es lange gedauert hat, das Warten hat sich gelohnt. Ich bette meinen Kopf an deiner Brust und lausche dem Pochen deines Herzens. Meine Augen fallen zu und es wird still an unserem Ort. Und da sind auch noch die Sterne.

biografien

jonah rausch

geboren 2002 in minden, lebt momentan in leipzig. macht neben dem studium literarisches schreiben praktika im filmbereich. jonah ist außerdem preisträger:in der treffen junger autor:innen, von postpoetry, dem europäischen literaturwettbewerb der stadt graz, als auch mehrfach jahrespreisträger:in bei lyrix. jonahs texte waren teil mehrerer kunstausstellungen, zuletzt dem monuments musicaux in basel. auf dem leipziger hörspielsommer hat jonah den text „zwei karpfen“ performt. weitere texte sind unter anderem veröffentlicht in „mosaik“, „GYM“, „das narr“, „kioskmagazin“ oder „honich“.

katharina forstner

geboren 2002 in linz, studiert in wien deutsche philologie. performt als poetin auf poetry slams in ganz österreich. 2022 stipendiatin der werkstatt prosa der jugend-literaturwerkstatt graz. 2021 landeten ihre texte auf der longlist des FM4 kurzgeschichtenwettbewerbs, 2020 erstplazierte des europäischen jugendliteraturpreises „anfangen“. publikationen u.a. in „am erker“, „&radieschen“ und „literarische blätter“. ab 2023 studium literarisches schreiben und kulturjournalismus an der universität hildesheim, deutschland.

anna rotter

geboren 2005 in wien, wuchs zweisprachig (kroatisch-deutsch) auf. liebt sprache, worte und musik, spielt kontrabass und klavier, sowohl klassik als auch jazz und hat in orchestren, solo und in jazzbands gespielt. anna besucht das gymnasium stubenbastei und wird 2023 maturieren. 2021 gewann sie den ersten preis des europäischen literaturwettbewerbs (literaturhaus graz).

carla lorenz

geboren 2001 in wien. verbrachte ihre kindheit und jugend in gmunden am traunsee. war nach der matura mehrere monate auf reisen in portugal und albanien, wo sie in hostels gearbeitet und geschrieben hat. schloss 2022 das kolleg für multimedia an der graphischen in wien ab und studiert seit herbst 2022 literarisches schreiben am deutschen literaturinstitut in leipzig. veröffentlicht texte in zeitschriften und anthologien, darunter: „apostrophe", „DUM", „JENNY", „literarische blätter" und „mosaik, schule für dichtung wien".

leyli nouri

geboren 2001 in wolfsberg in kärnten. schreibt und spricht neben deutsch auch persisch. studiert an der universität wien philosophie. ist neben dem studium als freie journalistin tätig. schreibt für „DATUM" und macht Beiträge für „@die_chefredaktion".

rachel ettedgui

geboren 2005 in rockville, usa. verbrachte die ersten jahre ihres lebens in den niederlanden. wuchs dreisprachig auf und besitzt die doppelte staatsbürgerschaft. lebt seit 2012 mit ihrer familie in washington, DC, wo sie die deutsche schule besucht und wird 2023 ihr abitur machen.

bernadette sarman

geboren 2001 in wien, aufgewachsen in niederösterreich. tochter einer japanerin und eines österreichers. studium der germanistik an der universität wien. veröffentlicht in zeitschriften wie „etcetera“, „mischen“, „UND“ und „zwischentext“. zwei mal im finale von „texte. preis für junge literatur“, (2019/2020). 3. preis bei LitArena X – Literaturwettbewerb (2021). zahlreiche lesungen in niederösterreich und wien, unter anderem im BMI und im rahmen der gedenkveranstaltung 2018 in der wiener hofburg.

michelle schreiber

geboren 2002 in paderborn, aufgewachsen in frankfurt am main. studiert germanistik und romanistik an der universität leipzig. 2022/23 erasmus- und auslandsjahr an der university of cambridge. freie journalistin für das „kreuzer-stadtmagazin“. veröffentlichte texte u.a. in „literarische blätter“. sie ist teil des autor:innen-kollektivs *sexyunderground*.

ella steinbacher

geboren 2002, aufgewachsen in augsburg. lebt seit der aufnahme des biologie-studiums im oktober 2020 in wien und bewegt sich nun im schwerpunkt zoologie. insbesondere exkursionen, sezierkurse und die ansteckende euphorie diverser lehrpersonen begeisterten sie für diese fachrichtung. beschäftigt sich mit tieren jenseits des studiums auch mit stiften und pinseln.

anne luise rupp

geboren 2000 in berlin, aufgewachsen in hamburg. studiert seit 2020 vergleichende literaturwissenschaft in wien. 2021 nahm sie an den berliner festspielen für junge autor*innen teil und wurde im „Why nICHt magazin" veröffentlicht. im märz 2022 hat sie als teilnehmerin einer schreibwerkstatt im hamburger literaturhaus einen auszug aus ihrem romanprojekt vorgestellt.

finn mattis tubbe

geboren 2002, aufgewachsen in radolfzell und wiechs, deutschland. hat 2020 ein FSJ am jungen theater heidelberg gemacht. seit 2021 studium am literaturinstitut leipzig. derzeit läuft am theater heidelberg das stück „saufen, fechten, heidelberg", in dem es um studentenverbindungen geht. erarbeitet wurde das stück vom kollektiv *institut für kontrolle und exzess*, in dem er als autor arbeitet.

amina kurbanova

geboren in moskau. verbrachte die ersten lebensjahre in tschetschenien. musste aufgrund des krieges mit ihrer mutter nach deutschland fliehen. ist jetzt 21 jahre alt, lebt seit 12 jahren in österreich und studiert rechtswissenschaften an der uni wien. schreibt über flucht, sehnsucht, entwurzelung, identität und krieg und erzählt von der hin- und hergerissenheit im leben zwischen zwei kulturen.

anna bauer

geboren 2001, lebt in wien und im burgenland und studiert vergleichende literaturwissenschaft und lehramt. schreibt und liest am liebsten kinder- und jugendliteratur. preisträgerin des treffens junger autor*innen der berliner festspiele 2021. gewinnerin texte.wien 2021.

paula dorten

geboren 2002. besucht das bg bachgasse in mödling und ist klimaaktivistin bei fridays for future und slam poetin. hat 2022 „letzte generation. das klimamanifest.“, marcus wadsack und paula dorten, braumüller verlag, 2022 herausgegeben.

alva söllner

geboren 2006 in wien. ist 15 jahre alt und lebt in wien. schreibt gerne absurde, witzige oder lyrische geschichten, songs und gedichte. malt und spielt unter anderem auch in einer band, wobei das schreiben von musik und texten eine große rolle spielt.

clara stiller

2000 in wien geboren und geblieben. studiert bildungswissenschaft und komparatistik. studienvertreterin. spielt zither. 2020 und 2022 stipendium drama litschau beim theaterfestival hin & weg. 2020 finalistin bei „texte. preis für junge literatur". 2018-2020 mentorin für kreatives schreiben an einer wiener nms. die eroberung des herzens ist teil eines novellenprojekts.

anna richter

geboren 2002 in wien, wohnt seit dem vierten lebensjahr mit seiner familie in mattersburg, im burgenland, wo er 2020 maturiert hat. macht seit oktober 2020 ein freiwilliges soziales jahr in einer einrichtung für menschen mit komplex erworbener hirnschädigung. schreibt geschichten und gedichte und besucht deshalb gerne werkstätten. eine weitere leidenschaft ist das theater, seit 2018 ist er teil einer außerschulischen schauspielakademie.

celina anna kuba

geboren in wien. lebt auch hier, ist 17 jahre alt und besucht zurzeit die die bafep 10, eine berufsbildende schule mit der ausbildung zur pädagogin. verbringt ihre freizeit gerne mit lesen, musik hören oder sich mit freunden zu treffen. lebt seit etwa einem halben jahr vegan, davor eineinhalb jahre vegetarisch und liebt es, sich mit leuten darüber auszutauschen. schreiben ist seit der volksschule ein standhafter teil ihres lebens, für den sie sehr dankbar ist. findet es faszinierend, wie literatur menschen bewegen, inspirieren und nachdenken lassen kann.

annabelle zeuner

aufgewachsen in berlin und brandenburg an der havel. lebte nach dem abitur 4 monate in einem kleinen bretonisch-französischen dorf. brach später ein theaterstudium ab, um in rumänien als freiwillige zu arbeiten, einen führerschein zu machen und ihr leben neu zu gestalten. ist jetzt 22 jahre alt, lebt wieder in berlin und studiert soziale arbeit mit sprachpädagogischem schwerpunkt. spielt gitarre, mag kinderfantasybücher und natürlich schreiben.

lilith stephenson

geboren 2006 in johannesburg, südafrika. verbrachte die ersten monate ihres lebens im brutkasten und dann im waisenhaus the love of christ. wurde 2007 in die familie von katharina mittlböck, thomas stephenson und ihren bruder david nach österreich adoptiert. zog 2010 nach der scheidung der eltern mit der mutter von oberrohrbach im weinviertel nach wien. besucht jetzt die klasse c34 der integrativen lernwerkstatt brigittenau (ilb) – einer achtstufigen alternativschule – was der dritten klasse mittelschule entspricht.

lona weis

ist 17 jahre alt, lebt in wien und besucht das amerling-gymnasium im 6. bezirk. macht gerne musik, fotografiert alles, was ihr über den weg läuft, liest und schreibt für ihr leben gern.

lea cucek

geboren 2002 in wiener neustadt, wo sie auch heute noch lebt. besucht derzeit die 7. klasse des borg wiener neustadt und spielt geige und klavier. liebster zeitvertreib ist das schreiben und lesen.

amelie frikell

geboren 2003, lebt in riemerling in bayern und besuchte das dortige gymnasium. 2021 praktikum beim münchner merkur. 7. platz beim preis für junge literatur. gründete aus liebe zum schreiben den blog bergkameradin.com.

sonja hirnschal

geboren 2005, lebt im markt piesting in nö und besucht derzeit das borg wiener neustadt. die liebe zum schreiben entdeckte sie schon als kleines mädchen.

agnes wolf

geboren in wien. ist derzeit 16 jahre alt und besucht den wirtschaftskundlichen zweig des realgymnasiums parhamerplatz im 17. bezirk. einen großen teil ihrer freizeit verbringt sie im reitstall und damit, bücher zu lesen, am liebsten fantasy.